Lateinische Sprichwörter

Lateinische Sprichwörter

Herausgegeben von Helmut Werner

NIKOL
VERLAG

Layout & Satz: BuchBetrieb Peggy Stelling, Leipzig
Covergestaltung: Timon Schlichenmaier, Hamburg
Printed in the Czech Republic
ISBN: 978-3-86820-052-2

www.nikol-verlag.de

VORWORT

Dieses Nachschlagewerk enthält in moderner Übersetzung die bekanntesten lateinischen Sprichwörter, sprichwörtliche Redensarten, Sprüche und Zitate aus der Zeit der alten Römer, dem Mittelalter und der Neuzeit, die in der Literatur, besonders bei unseren Klassikern, in der Wissenschaftssprache wie z.B. der Medizin und Rechtswissenschaft, im religiösen Schrifttum, als Inschriften der profanen Baudenkmäler, der Kirchen und Grabsteinen oder als formelhafte Wendungen des alltäglichen Gebrauchs weiterleben.

Sprichwörter (z.B. *Felicitas multos habet amicos:* Das Glück hat viele Freunde), die eine fest geprägte Form haben und wie ein Gleichnis eine allgemeine oder für das Leben wichtige Wahrheit aussprechen, haben eine lange Tradition bei den Römern und reichen bis in die Frühzeit zurück Besonders nachhaltig wurden die römischen Sprichwörter von der Spruchweisheit der Griechen beeinflusst, da in der Antike wie auch sonst Sprichwörter von einer Nation zur anderen wanderten und in Übersetzung in den Erfahrungsschatz des Volkes aufgenommen wurden. Dies gilt besonders bei den Sprüchen, genauer Sinn-Denksprüchen (z.B. *errare humanum est* Irren ist menschlich), die in knapper Form ethische Verhaltensregel geben. Da die Sprüche nach antiker Auffassung als sehr alt galten, sammelte der bekannte griechische Philosoph Aristoteles (384-322 v. Chr.) die Spruchweisheiten, um aus ihnen gleichsam die Reste der Urweisheit der Menschheit zu entdecken.

Aufgenommen wurde in die vorliegende Sammlung auch die lateinischen sprichwörtlichen Redensarten (z.B. *Primus inter pares:* Der Erste unter Gleichen), die sich nur in der Form und Funktion von den Sprichwörtern unterscheiden. Es handelt sich um verbale Ausdrücke, denen die Satzform fehlt, um zum Sprichwort zu werden. Sie haben keine feste Prägung, Form und es fehlt ihnen die lehrhafte und ethische Tendenz.

Hierzu gehören auch bekannte formelartige Redewendungen (z.B. *ad acta:* Zu den Akten) und einzelne Wörter (z.B. *sic!:* Wirklich so!), die nicht nur bei den Schriftstellern verbreitet sind, sondern zu unserem „alltäglichen Latein" gehören.

Die letzte Gruppe bilden die Zitate aus Texten bekannter Schriftsteller, wobei man wegen der mangelhaften Überlieferung der antiken Literatur oft nicht ausschließen kann, ob ein Sprichwort zugrunde liegt. Auch die geflügelten Worte, die zwar als Zitate empfunden werden, aber nicht auf einen bestimmten Autor zurückgeführt werden können, fanden Berücksichtigung.

Dieses neue Nachschlagewerk ist deshalb ein zuverlässiges Hilfsmittel bei der Lektüre unserer Schriftsteller, besonders der Klassiker, der Werke der Historiker, Philosophen, Theologen und der naturwissenschaftlichen Schriften, besonders älteren Datums. Auch dem Liebhaber der lateinischen Spruchweisheit und der Zitate überhaupt dürfte die Lektüre Spaß und Anregungen geben. Da es sich bei den Sprichwörtern und Zitaten um einfache Sätze handelt, kann das Nachschlagewerk auch zur Einführung in die lateinische Sprache oder zur Wiederholung des Schulstoffes benutzt werden.

A

A bove maiore discunt arare minor: Wie die Alten singen, so zwitschern die Jungen

A calvo ad calvum: Mit Stumpf und Stiel

A capite ad calvum: Vom Scheitel bis zur Sohle

A capite bona valetudo: Gesundheit zeigt sich im Gesicht

A dicto secundum quid: Trugschluss von einer Behauptung unter einer Nebenbedingung

A dicto secundum quid ad dictum simpliciter: Trugschluss von einer Behauptung unter einer Nebenbedingung zu einer Behauptung schlechthin

A die: Von dem Tag an

A die insinuationis … recepti: Vom Tag der Aushändigung … des Empfangs

A fortiori: Vom Stärkeren her

A Jove principium: Mit Gott!

A limine: weg! Jedes Wort zu viel!

A linea: Ein neuer Absatz!

A maiori ad minus: Vom Größeren auf das Kleinere

A posse ad esse non valet consequentia: Vom Können kann nicht auf das Sein geschlossen werden

A posteriori: Von dem Späteren

A potiori fit denominatio: Nach dem Größeren erfolgt die Benennung

A prori: Von vorne herein, ohne weiteren Beweis

A verbis ad verbera: Von den Worten zu Werken

Ab acia et acu: Bis ins Detail

Ab alio exspectes, alteri quod feceris: Wie du mir, so ich dir

Ab amante lacrimis redimis iracundiam: Mit Tränen kaufst du dem Liebsten den Zorn ab

Ab amico reconciliato cave: Sei misstrauisch, wenn sich ein Freund wieder mit dir versöhnt

Ab asinis ad boves transcendere: Aufsteigen wollen

Ab executione: Mit der Vollstreckung anfangen

Ab equo ad asinum: Vom Pferd auf den Esel kommen

Ab hinc: Von hier

Ab hodierno: Von heute

Ab initio: Vom Anfang an

Ab instantia absolvere: Freispruch mangels Beweise

Ab intestato: Ohne Testament erben

Ab origine: Vom Ursprung an

Ab ovo: Mit langer Einleitung etwas beginnen

Ab ovo usque ad mala: Ganz gründlich und sehr genau

Abbas apponit tesseras, ludunt monachi: Wie der Herr, so der Knecht

Absens carens: Der Abwesende kommt zu kurz

Absens heres non erit: Der Abwesende ist immer im Unrecht

Absentem laedit, cum ebrio qui litigat: Wer sich mit einem Betrunkenen streitet, schädigt ein Phantom

Absit!: Behüte uns davor!

Absit invidia dicto: Gutes Wort findet einen guten Ort

Abyssus abyssum invocat: Aus Bösem kann nur Böses entstehen

Accepto damno ianuam claudere: Aus Schaden wird man klug

Acetum habere in pectore: Gerissen, ein Schlitzohr

Accepto damno ianuam claudere: Den Brunnen zudecken, wenn das Kind ertrunken ist

Accidit in puncto, quod non contigit in anno: Im nächsten Augenblick kann das schon passieren, was du nie erwartet hättest

Acervus ex granis: Wenig zu wenig macht auch viel

Actam rem agere: Überflüssiges tun

Acti labores iucundi: Getane Arbeit macht Spaß

Actio et reactio: Wirkung und Gegenwirkung

Actio in distans: Das hat Folgen!

Actio immanens: Wirken nach innen

Actio transiens: Wirkung auf einen anderen Gegenstand

Actis testantibus: Nach Aktenlage

Actum ut supra: Geschehen wie oben

Actus purus: Reines Wirken

Acu tangere: Die Faust aufs Auge, haargenau

Acum invenisses: Man hätte eine Stecknadel finden können

Ad absurdum: Denkfehlerhaft, Unsinn

Ad acta: Erledigt, zu den Akten legen

Ad agnatos et gentiles est deducendus: Reif für die Nervenklinik

Ad amussim: Nach den Vorschriften, sehr genau

Ad astra per aspera: Der Weg zum Erfolg ist mühsam

Ad astra tollere: In den Himmel heben

a.d. (ad dato): Von dem Datum an

Ad bene esse: Zum Wohlbefinden

Ad bene placitum: Nach Belieben

Ad bestias: Verrecke!

Ad calamitatem quilibet rumor valet: Irgendein Gerücht kann ein Unglück hervorrufen

Ad calendas Graecas: Am Nimmerleinstag, niemals

Ad captum vulgi: Auf unterstem Niveau

Ad duplicandum: Die Antwort des Klägers auf einen Vortrag des Beklagten

Ad fontes: Zu den Quellen

Ad futuram memoriam: Zum Andenken für die Zukunft

Ad hastam: Amtlich

Ad hoc: Zu diesem Zweck

Ad hominem: Dem Hörer angepasst

Ad honorem: Ehren halber

Ad impossibilia nemo obligatur: Was nicht möglich ist, dazu kann man nicht gezwungen werden

Ad infinitum: Bis ins Unendliche

Ad inopiam redactum esse: Am Bettelstab sein

Ad interim: Vorläufig

Ad latus: Zur Unterstützung

Ad libitum: Nach Belieben

Ad litteram: Wörtlich

Ad maiorem dei gloriam: Zum größeren Ruhm Gottes, alles ist erlaubt

Ad marginem: Randnotiz machen!

Ad meliorem fortunam: Um sein Vermögen aufzubessern

Ad modum Minelli: Mit einer Eselsbrücke

Ad nauseam usque: Bis zum Erbrechen

Ad notam: Sich etwas beherzigen

Ad nummum convenit: Auf den Cent genau

Ad oculos: Offensichtlich

Ad paenitendum properat, cito qui iudicat: Wer schnell urteilt, muss schnell bereuen

Ad patres: Sterben

Ad perpetuam memoriam: Zum ewigen Gedächtnis

Ad personam: Zur Person

Ad pias causas: Zu wohltätigen Zwecken

Ad posteriora: Auf den Hintern

Ad referendum: Zur Berichtserstattung

Ad rem nihil facit: Das gehört nicht zur Sache

Ad tristem partem strenua est supicio: Voreiliger Verdacht kann übel enden

Ad turpia nemo obligatur: Verwerflichen Handlungen kann man verweigern

Ad unum omnes: Alle ohne Ausnahme

Ad valorem: Nach dem Wert

Ad valvas curiae: Gemäß öffentlicher Bekanntmachung

Ad verbum: Wörtlich

Ad vocem: Bezüglich

Adamante notare: Für alle Zeiten aufbewahren

Adde parum parvo, magnus acervus erit: Kleinvieh macht auch Mist

Addictio in diem: Die Zusprechung auf den Tag

Adhuc sub iudice lis: Die Sache bzw. der Fall ist noch unentschieden

Adminicula gratiae: Gnadenmittel

Adminicula probationis: Hilfsmittel der Beweisführung

Adulescens quaere, utere senex: Spare für das Alter!

Adulator propiis commodis tantum studet: Der Schmeichler denkt nur an seine Vorteile

Adversa fortuna: Pech!

Adversa pars: Gegenpartei

Adversa flumine: Unter Gefahren

Adversus aerem nos debere certare: Gegen einen nicht vorhandenen Gegner kämpfen

Adversus necessitatem ne dii quidem resistunt: Alle stehen unter dem Schicksal

Advocatus: Anwalt Gottes

Advocatus diaboli: Anwalt des Teufels

Advocatus et non latro? Res miranda gentibus: Ein guter Rechtsanwalt ist teuer

Aedificare in aere: Luftschlösser bauen

Aedificia et lites pauperiem faciunt: Bauen und Prozessieren leeren den Geldbeutel

Aegre reprehendas, quod sinas consuescere: Seine Gewohnheit kann man kaum tadeln

Aegrotant semper, qui diutissime vivunt: Die Kranken leben sehr lange

Aegrum prolixe manet expiratio fixe: Der Schwerkranke wird bald sterben

Aequa lance: Unparteiisch

Aequalitas non parit bellum: Gleichheit ruft keinen Krieg hervor

Aequam memento rebus in arduis servare mentem: Bei Schwierigkeiten muss man einen kühlen Kopf bewahren

Aer fenestrae velut ictus balistae: Ein Luftzug hat die Wirkung eines Geschosses

Aera fiunt fugitiva: Die Münze rollt

Aere et rore vivunt: Von Luft und Wasser leben

Aere perennius: Langlebiger als Erz

Aes non habet, nihil aeris umquam perdidit: Wer kein Geld hat, der gibt auch nichts aus

Aetate prudentiores sumus: Im Alter klüger werden

Aetate rectius sapere: Mit der Zeit wird man klug

Aethiopem dealbare: Einen Neger weiß machen wollen

Affatim si cui fortuna est, longe interitum non habet: Wer lange Glück gehabt hat, der ist vom Unglück nicht weit entfernt

Afferre noctuas Athenas: Eulen nach Athen tragen (etwas Sinnloses tun)

Affirmantis probatio: Eine Behauptung muss man beweisen

Age, si quid agis!: Mache ernst mit deinem Vorsatz!

Agendo nihil homines male agere disciunt: Durch Nichtstun wird man verdorben

Agendum per nos, quod rectius curare volumus: Wer einen Auftrag selbst erledigt, geht sicher, dass er auch richtig erledigt wird.

Agens et consentiens eadem poena digni: Täter und Mitwisser bekommen dieselbe Strafe

Ager fuscus fructus et farras opimas ministrat: Schwarze Erde bringt reichlich Ernte

Agentes nihil iucundi sunt: Ohne Arbeit ist das Leben am schönsten

Agnus Dei: Lamm Gottes (Christus)

Agnus Dei, qui tollis peccata mundi, misere nobis!: Lamm Gottes, der du die Sünden der Welt auf dich nimmst, erbarme dich unser!

Alas accidere: Die Flügel stutzen

Alba linea: Ohne Verständnis

Albus an ater sit, nescio: Ob er weiß oder schwarz ist, weiß ich nicht; ich weiß nicht, was er denkt

Alea iacta: Der Würfel ist gefallen

Aleam emere: Die Katze im Sack kaufen

Aleator nullus est sapientior: Du bist so schlau wie ein Spieler

Aleator quanto arte est melior, tanto nequior: Je raffinierter ein Spieler ist, desto weniger taugt er

Aliam vitam, alios mores: Andere Zeiten, andere Sitten

Aliena nobis, nostra plus aliis placent: Das Fremde gefällt uns, den anderen mehr das Unsrige

Aliena non cures!: Misch dich nicht in fremde Angelegenheit ein!

Aliena vitia in oculis habemus, a tergo nostra sunt: Draußen hat man hundert Augen, aber daheim kaum eins

Alienam qui orat causam, se culpat reum: Man wird selbst zum Angeklagten, wenn man einen anderen verteidigt

Alienis me caloribus adornare: Sich mit fremden Federn schmücken

Alienum aes homini ingenuo acerba servitus est: Schulden sind für einen rechtschaffenden Menschen eine bittere Last

Alii sementem faciunt, alii metent: Die einen säen, die anderen ernten

Aliis ne feceris, quod tibi fieri non vis: Was du nicht erleiden willst, das füge auch keinem anderen zu

Aliquem depexum dare: Einen windelweich prügeln

Aliquem deserere: Jemanden in Stich lassen

Aliquem truculenter aspicere: Einen schief ansehen

Aliud est facere, aliud est dicere: Versprechen und halten sind zweierlei

Aliud sceptrum, aliud plectrum: Schuster bleib' bei deinen Leisten!

Alligere canem fugitivam agninis lactibus: Einen flüchtigen Hund an eine Bratwurst binden

Alma mater: Gütige Mutter (Universität)

Altare spoliat, ut aliud operiat: Einen Altar entblößen, um den anderen zu decken

Altari serviens de altare vivere debent: Wer dem Altar dient, soll auch vom Altar leben

Alter ego: Das andere ich (Freund, Stellvertreter oder die Schattenseite eines Menschen)

Altera manu fert lapidem, altera panem ostentat: Wer dich anlächelt, ist nicht immer dein Freund

Alterius non sit, qui suus esse potest: Wer sein eigener Herr sein kann, soll sich nicht abhängig machen

Alternando boni nos dona manemus amici: Geschenke erhalten die Freundschaft

Alterum incusat probri, se eumpse intueri oportet: Wer einen anderen etwas vorwirft, soll sich erst selbst betrachten

Alterum tantum: doppelt soviel

Alto supercilio contemnere: Einen über die Schulter ansehen

Altum silentium: Tiefes Schweigen

Ama nesciri!: Lebe im Verborgenen!

Amans iratus multa mentitur sibi: Ein erzürnter Verliebter reimt sich viel zusammen

Amans, quid cupiat, scit, quid sapiat, non videt: Der Verliebte kennt seine Wünsche, doch er sieht nicht, was vernünftig ist

Amans quod suspicatur, vigilans somniat: Die Mutmaßung eines Verliebten ist ein bloßer Tagtraum

Amantes amentes: Liebe raubt den Verstand

Amantis ius iurandum poenam non habent: In der Liebe sind Schwüre straflos

Amantium irae amoris integratio est: Wenn Liebende sich streiten, erwächst daraus ein neue Liebe

Amare et sapere vix deo conceditur: Selbst ein Gott kann nicht lieben und vernünftig sein

Amare iuveni fructus est, crimen seni: Liebe ist in der Jugend ein Gewinn, im Alter etwas Verwerfliches

Ames patrem, si aequus est, si aliter, feras!: Wenn dein Vater gerecht ist, dann liebe ihn, andernfalls ertrag ihn!

Amici mores noveris, non oderis: Den Charakter eines Freundes soll man kennen, aber nicht hassen

Amici vitia, si feras, facias tua: Wenn man die Fehler seines Freundes erträgt, macht man sie zu den seinigen

Amicis ita prodesto, ne tibi noceas: Wenn du deinen Freuden hilft, darfst du selbst keinen Schaden nehmen

Amicitia inter pocula contracta plerumque vitrea: Freundschaft unter Zechgenossen ist brüchig

Amicitia, quae desiit, numquam vera fuit: Wer aufhört ein Freund zu sein, der war es niemals wirklich

Amicitiae verae sempiternae sunt: Wahre Freundschaften halten ewig

Amicitias immortales esse oportet: Eine Freundschaft, die ein Ende fand, bestand niemals wirklich

Amico firmo nihil emi melius est: Nichts ist besser, als sich einen sicheren Freund zu erwerben

Amicum an nomen habeas, aperit calamitas: In der Not erkennst du einen Freund

Amicus certus in re incerta cernitur: In der Gefahr zeigt sich der wahre Freund

Amicus omnibus, amicus nemini: Jedermanns Freund ist niemands Freund

Amicus Plato, sed magis amica veritas: Plato ist mein Freund, aber noch mehr bin ich mit der Wahrheit befreundet

Amicus verus rarus avis: Ein wahrer Freund ist schwer zu finden

Amnem parvorem facit unda frequens fluviorum: Kleine Bäche machen einen Strom

Amor amara dat tibis satis: Liebe ohne Leid gibt es nicht

Amor animi arbitrio sumitur, non ponitur: Eine freie Entscheidung steht am Anfang einer Liebe, aber nicht an deren Ende

Amor, arma, canes et aves simplex voluptas, centuplex dolor: In der Liebe, im Krieg und auf der Jagd bekommt man für ein einfaches Vergnügen unzählige Leiden.

Amor caecus: Liebe macht blind

Amor Dei: Liebe zu Gott

Amor extorqueri non pote, elabi pote: Liebe kann nicht beseitigt werden aber vergehen

Amor intellectualis Dei: Geistige Liebe zu Gott

Amor et potestas impatiens est consortis: Liebe und Herrschaft vertragen sich nicht

Amor fati: Liebe zum Schicksal

Amor odit inertes: Liebe fordert Einsatz

Amor otiosae causa sollicitudinis: Liebe ist die Ursache für Nichtstun und Aufregung

Amor sceleratus habendi: Raffgier ist verbrecherisch

Amor tussisque non celatur: Liebe und Husten kann man nicht verbergen

Amor ut lacrima ab oculo oritur, in pectus cadit: Liebe entsteht wie eine Träne aus dem Auge und fällt ins Herz

Amor vincit omnia: Liebe überwindet alles

Amori finem tempus, non animus facit: Die Zeit beendet die Liebe, nicht der Verstand

Amoris vulnus idem sanat, qui facit: Die Wunden der Liebe kann nur der Verursacher heilen

Amotae res: Entwendete Sachen

Analogia entis: Ähnlichkeit des Seins

Anathema sit: Er sei verflucht!

Ancoras tollere: Die Anker lichten, aufbrechen

Anguis in herba latet: Die Schlange verbirgt sich im Gras

Anima mundi: Weltgeist

Animam debet: Er hat seine Seele verpfändet

Animal disputax: Streithammel

Animo abalienari: Auf dem Leim gehen

Animo deliberato: Mit Überlegung

Animo dolenti nihil oportet credere: Einem gebrochenem Herzen schenkt kein Vertrauen!

Animo imperabit sapiens, stultus serviet: Der Weise befiehlt seinem Herzen, der Narr gehorcht ihm

Animo ventrique imperare debet, qui frugi esse vult: Man muss Herz und Bauch unter Kontrolle haben, wenn man ein ordentlicher Mensch sein will

Animo virum pudicae non oculo eligunt: Ein sittsames Mädchen wählt sich ihren Mann mit dem Herzen, aber nicht mit den Augen aus

Animus gaudens aetatem floridam facit: Guter Mut ist die beste Arznei

An nescis, mi fili, quantilla prudentia mundus regatur?: Weißt du nicht, mein Sohn, mit welch geringem Verstand die Welt regiert wird?

Anno: Im Jahr

Anni currentis: Des laufenden Jahres

Anni futuri: Des zukünftigen Jahres

Anni praeteriti: Des verflossenen Jahres

Anno Domini: Im Jahr des Herrn

Anno orbis redempti: Im Jahr der Erlösung

Annosae frustra cornici retia tendis: Einer alten Krähe stellt man schwer eine Falle

Annus producit, non ager: Das Jahr bringt Getreide, nicht der Acker

Anseris medulla mollior: Weicher als Daunen

Ante barbam docent senes: Die Jungen wollen die Alten belehren

Ante diem: Vor der festgesetzten Zeit

Ante mortem nemo beatus: Vor dem Tod ist niemand glücklich

Antequam voceris, ne accesseris: Komm nicht ungerufen

Ante victoriam non canas triumphum: Triumphiere nicht, bevor du gesiegt hast

Antica expulsa postica recipere: Was man offen zurückgewiesen hat, sich heimlich nehmen

Antiquus amor cancer est: Alte Liebe ist wie ein Krebsgeschwür

Anulus in digito subtertenuatur habendo: Einer dauernden Einwirkung widersteht nichts

Anus cum ludit, morti delicias facit: Eine alte Frau, die sich amüsiert, kokettiert mit dem Tod

Anus rursum ad armillum: Zur alten Gewohnheit zurückkehren

Apage Satanas!: Satan weiche!

Aperta mala cum est mulier, tum demum est bona: Wenn die Schlechtigkeit einer Frau bekannt wird, dann erst verhält sie sich gut

Apes debemus imitari: Bienenfleißig

Apices iuris: Juristische Spitzfindigkeiten

Apluda est nequior: Schlechter als Abfall

Apollini et Musis: Apollo und den Musen geweiht

Apparent rari nantes in gurgite lato: In einem großen Unglück gibt es selten Überlebende

Aprilis aqua pinguescit bos, perimitur sus, emicat ovis: Aprilregen ist dem Bauer gelegen

Aprilis pluvius ventosusque Maius copiam indicant: Ein nasser April und kühler Mai füllt die Scheunen der Bauer

Apud creditorem maior quam apud debitorem debiti memoria: Gläubiger haben ein besseres Gedächtnis als Schuldner

Aqua aquae simile: Wie ein Tropfen Wasser dem anderen

Aqua et igni interdictus: Trank und Speise untersagt (verbannt sein)

Aqua haeret: In Verlegenheit sein

Aquae furtivae dulciores: Ein gestohlenes Getränk schmeckt am besten

Aquam e pumice postulare: Den Bock melken

Aquas cineri infundere: Wasser in die Asche gießen

Aquila non captat muscas: Ein Adler fängt keine Fliegen

Aquila non generat columbas: Adler brüten keine Tauben

Aquilae senectus: Hochbetagt

Aquilam doces volare: Dem Adler willst du das Fliegen beibringen

Aquis submersis: In den Fluten versenkt

Arae focique: Haus und Hof

Arare bove et asino: Etwas Verkehrtes tun

Arare litus: Eine sinnlose Arbeit verrichten

Arbitrium divinum: Göttliches Urteil

Arbitrium iudicis: Im Ermessen des Richters

Arbitrium liberum: Freier Wille

Arbor per primum quaevis non corruit ictum: Ein Baum fällt nicht beim ersten Schlag

Arcani disciplina: Geheimlehre

Arcus nimium tensus rumpitur: Wenn man den Bogen überspannt, zerbricht er

Ardua ad gloriam via: Der Weg zum Ruhm ist steil

Argentum accepi, imperium vendidi: Des Geldes wegen die Herrschaft aufgeben

Argumentum ad hominem: Ein Beweis nach der Menschlichkeit

Argumentum baculinum: Ein Beweis mit Hilfe des Stockes (Macht)

Argumentum ex concessis: Ein Beweis aufgrund eines Geständnisses

Argumentum ex contrario: Beweis aus dem Gegenteil

Arida sarmenta recreant, incendia lenta: Altes Holz gibt gutes Feuer

Armia armis propulsantur: Gewalt mit Gewalt abwehren

Arma sunt paria: Die Waffen sind gleich

Arrige aures!: Spitze die Ohren !

Arripiunt aurae quidquid stolidi sonat aurae: Die Ohren hören alles, auch den Unsinn

Ars combinatoria: Kunst des Zusammensetzens, Kombinierens

Ars deluditur arte: List mit List besiegen

Ars longa, vita brevis: Die Kunst ist ewig, das Leben ist kurz

Ars non habet inimicum nisi ignorantem: Die Wissenschaft hat die Dummheit zum Feind

Arte pugnandum est, et adhibenda quae prosunt: Mit Geschick und List kommt man weiter

Artem non odit nisi ignarus: Nur der Dumme hasst die Kunst

Artem quaevis alit terra: Handwerk hat goldenen Boden

Artem, qui sequitur, raro pauper reperitur: Ein Handwerk nährt seinen Mann

Artes liberales: Die freien Künste

Asine, litteras doceam?: Esel, soll ich dir die Wissenschaften lehren?

Asini caput ne laves nitro: Für einen Eselskopf ist eine Lauge nutzlos

Asini cauda non facit cribrum: Aus des Esels Schwanz wird kein Sieb

Asino caput lavare: Einen Neger weiß machen; etwas Unmögliches machen

Asinum asellus culpat: Nur ein Esel nennt einen anderen Esel

Asinus ad lyram: Ein Esel mit der Leier

Asinus asino pulcherrimus: Ein Esel hält einen anderen Esel für den schönsten

Asinus asinum fricat: Ein Esel kratzt den anderen

Asinus esuriens fustem neglegit: Ein hungriger Esel achtet nicht auf die Schläge

Asinus in tegulis: Eine unerwartete Erscheinung

Asinus stramenta mavult quam aurum: Ein Esel will lieber Stroh als Gold

Aspera portet apum qui dulcia sugat earum: Wer Honig lecken will, darf den Stachel der Bienen nicht fürchten

Aspersisti aquam: Du hast mich wieder aufgerichtet

Aspicere oportet, quidquid possis perdere: Verlier' nicht aus den Augen, was du verlieren kannst

Assidua ei sunt tormenta, qui se ipsum timet: Wer sich selbst fürchtet, leidet ständig

Assiduum mirabile non est: Ständige Anwesenheit vergrößert nicht das Ansehen

Asylum ignorantiae: Zufluchtsstätte der Unwissenheit

Atra bilis: Schwarze Galle

Atracia ars: Zauberei

Attractiva remedia: Ableitende Mittel

Audaces fortuna iuvat: Frisch gewagt, ist halb gewonnen

Audacter calumniare, semper aliquid haeret: Von frechen Verleumdungen bleibt immer etwas zurückgewiesen

Audendum est; fortes adiuvat Venus ipsa: Man muss es wagen. Denn die Tapferen unterstützt die Venus selbst

Audendo virtus crescit, tardando timor: Mut wächst durch Tapferkeit, Furcht durch Zögern

Audentes fortuna iuvat: Wer wagt, der gewinnt

Audiatur et altera pars: Auch der Gegner soll gehört werden

Audi multa, loquere pauca et non errabis: Hör viel, sprich wenig und du wirst dich nicht irren

Audi, vide, sile!: Hör‘, sieh‘ und schweig‘

Audiet carneficem spernens audire parentes: Wer den Eltern nicht gehorchen will, wird schließlich gehorchen müssen

Aurea mediocritas: Der goldene Mittelweg

Auri sacra fames: Hunger nach Gold (Reichtum); Raffgier

Auro loquente omnis sermo inanis: Wenn Geld redet, schweigt die Welt

Auro patent cuncta atque Ditis ianuae: Geld regiert die Welt

Auro soleant adamantinae etiam perfringi fores: Auch die stärksten Türen zerbricht das Gold

Aut amat aut odit mulier, nil est tertium: Entweder liebt oder hasst eine Frau, aber ein Drittes ist unmöglich

Aut Caesar aut nihil: Alles oder nichts

Aut – aut: Entweder – oder

Aut bibat aut abeat: Friss Vogel oder stirb!

Aut Caesar aut nihil: Herrscher oder Bettler

Aut non tentaris, aut perfice: Entweder unternimmst du nichts oder du führst es zu Ende

Aut prodesse volunt, aut delectare poetae: Entweder nützen oder unterhalten wollen die Dichter

Aut vincere aut mori: Entweder siegen oder sterben

Auxilia humilia firma consensus facit: Schwache Kräfte werden durch Eintracht stark

Auxilium profligatis contumelia est: Besiegten noch zu helfen ist eine Schande

Avaritia est radix omnium malorum: Die Raffgier ist die Ursache aller Übel

Avaritiam omnia vitia habere putabant: Geiz ist die Wurzel allen Übels

Avaro acerba poena natura est sua: Für den Geizhals ist sein eigenes Wesen eine schlimme Strafe

Avaro non est vita, sed mors longior: Für den geizigen ist nicht das Leben, sondern der Tod länger

Avaro quid mali optas nisi: vivat diu? Was kann man einem Geizigen übleres wünschen als Leb' lang?

Avarum facile capias, ubi non sis item: Man sticht einen Geizigen leicht aus, wenn man nicht so wie er ist

Avarus animus nullo satiatur lucro: Wer geldgierig ist, wird niemals satt

Avarus damno potius quam sapiens dolet: Mehr als dem Weisen schmerzt dem Geizigen ein Verlust

Avarus ipse miseriae causa est suae: Der Geizige gräbt sich sein eigenes Grab

Avarus nisi cum moritur, nihil recte facit: Ein Geizhals ist erst durch seinen Tod für uns nützlich

Ave Caesar, morituri, te salutant: Sei gegrüßt Kaiser, die Totgeweihten begrüßen dich!

Ave Maria: Gegrüßt seist du, Maria

Avertat deu hanc amentiam: Gott soll diesen Wahnsinn abwenden

Aviditas malum facit: Raffgier zerreißt den Sack

Avidum esse oportet neminem, minime senem: Man soll nicht geizig sein, besonders wenn man alt ist

Avis a cantu dignoscitur: Am Gesang erkennt man den Vogel

B

Balbum melius balbi verba cognoscere: Menschen von gleicher, aber einfacher Bildung verstehen sich am besten

Barba decet virum: Der Bart macht den Mann

Barba non fecit philosophum: Der Bart macht noch keinen Philosophen

Barba virile decus: Der Bart ist Zeichen der Männlichkeit

Barbarus hic ego sum, quia non intelligor: Ein Fremder bin ich hier, weil ich von niemandem verstanden werde

Beatae memoriae: Glücklichen Andenkens

Beati monoculi in terra caecorum: Unter den Blinden ist der Einäugige König

Beati possidentes: Glücklich sind die Besitzenden

Beatus ille, qui procul negotiis: Glücklich ist der, der fern von den Geschäften ist

Bella gerant alii, nos amemus: Die Kriege sollen die anderen führen, wir mögen uns vergnügen

Bellum famem pestemque mortalibus adfert: Der Krieg bringt den Menschen Hunger und Leid

Bellum internecinum: Vernichtungskrieg

Bellum iustum: Gerechter Krieg

Bellum omnium contra omnes: Der Krieg aller gegen alle

Bellum omnium pater: Der Krieg ist der Vater aller Dinge

Bellum se ipsum alet: Der Krieg findet immer neue Nahrung

Bene, bene respondisti: Gut, gut hast du geantwortet

Bene cogitata si excidunt, non occidunt: Wenn ein guter Gedanke entfällt, verschwindet er nicht

Benedicamus Domino: Preisen wir den Herrn !

Benedicite!: Segnet!

Bene dormit, qui non sentit, quam male dormit: Gut schläft, der nicht spürt, wie schlecht er schläft

Bene ferre magnam disce fortunam!: Lerne ein großes Glück gut zu ertragen!

Beneficia donari aut mali aut stulti putant: Lumpen oder Dummköpfe meinen, Wohltaten würden ihnen geschenkt werden

Beneficia non obtruduntur: Wohltaten drängt man nicht auf

Beneficia plura recipit, qui scit reddere: Wer Wohltaten zu vergelten weiß, kann mit mehr Wohltaten rechnen

Beneficia saepe dare, docere est, reddere: Der Rat, Wohltaten zu erweisen, bedeutet, Wohltaten vergelten

Beneficium accipere, libertatem vendere: Wer Wohltaten empfängt, gibt seine Freiheit auf

Beneficium competentiae: Das Recht auf einen notwendigen Lebensunterhalt

Beneficium dando accepit, qui digno dedit: Wer einem Würdigen eine Wohltat erweist, erweist sie sich selbst

Beneficium dare, qui nescit, inuste petit: Wer nicht daran denkt, eine Wohltat zu geben, bittet zu Unrecht darum

Beneficium dignis ubi des, omnes obliges: Wenn du Würdigen Gutes tust, sind dir alle verpflichtet

Beneficium non in eo quod fit aut datur consistit, sed in ipso dantis aut facientis animo: Es kommt nicht darauf an, was man gibt, sondern wie man es gibt

Beneficium qui dedisse se dicit, petit: Wer sagt, er habe Gutes getan, erwartet Dank

Bene perdit nummos, iudici cum dat nocens: Wer einem Richter Geld gibt, obwohl er schuldig ist, verliert es zu Recht

Bene vale – valete: Lebe – lebt wohl!

Bene vixit, qui bene latuit: Gut lebte der, der es gut verstand, sich zurückzuziehen

Bene vixit, qui potuit, cum voluit, mori: Gut hat der gelebt, der starb, wann er wollte

Benevoli coniunctio animi maxima est cognatio: Enge Verwandtschaft ist tiefverwurzelte Freundschaft

Bene vulgo audire est alterum patrimonium: Ein zweites Erbgut erhöht das Ansehen

Benignitates hominum perire: Herr Schenk und Herr Umsonst sind verstorben

Benignus etiam causam dandi cogitat: Der Wohltäter denkt über den Grund seines Geschenkes nach

Bestia bestiam novit: Ein Tier ist dem anderen kein Unbekannter

Bibe – bibite!: Trink – lasst uns trinken!

Bipes asellus: Ein zweibeiniger Esel

Bis dat, qui cito dat: Doppelt gibt, wer schnell gibt

Bis emori est alterius arbitrio mori: Zweimal sterben bedeutet nach dem Willen eines anderen sterben

Bis fiet gratum, quod opus est, si ultro offeras: Wenn du freiwillig das tust, was nötig ist, dann erwirbst du dir doppelten Dank

Bis interimitur, qui suis armis perit: Zweimal stirbt, wer durch seine eigenen Waffen getötet wird

Bis peccas, cum peccanti obsequium accommodas: Zweimal sündigt, wer sich einem Sünder unterwirft

Bis pueri senes: Im Alter wird man mehr als kindisch

Bis vincit, qui se vincit in victoria: Zweimal sieht, wer sich selbst im Sieg besiegt

Blamatus ille: Der ist blamiert

Blanditia, non imperio fit dulcis Venus: Durch Schmeichelei, nicht durch Befehl wird Liebe köstlich

Bolum mihi tantum ereptum tam desubito e faucibus: Mir wurde ein Vorteil genommen, den ich schon sicher zu besitzen glaubte.

Bona causa nullum iudicem verebitur: Eine gute Sache muss keinen Richter fürchten

Bona comparat praesidia misericordia: Durch Mitleid erlangt man einen guten Schutz

Bona existimatio pecuniis praestat: Guter Ruf ist Goldes wert

Bona fama in tenebris proprium splendorem obtinet: Auch im Dunkeln glänzt der gute Ruf

Bona fide: In gutem Glauben

Bona mors est homini, vitae quae extinguit mala: Der Tod ist für einen Menschen gut, wenn er ihn von den leiden befreit

Bona nemini hora est, quin alicui sit mala: Eine Glücksstunde für den einen, ist für den anderen eine Todesstunde

Bona opinio hominum tutior pecunia: Ein guter Ruf ist beständiger als ein Vermögen

Bona, quae veniunt, ni sustineantur, opprimunt: Wenn du Glück nicht erträgst, dann drückt es dich zu Boden

Bona semper imperante animo pecunia est: Geld ist immer eine gute Sache, wenn es mit Verstand benutzt wird

Bona turpitudo est, quae periculum vindicat: Die Schande ist etwas Gutes, wenn sie eine Gefahr abwehrt

Bonarum rerum consuetudo pessima est: Die Gewöhnung an Wohltaten ist sehr schlecht

Boni est viri, etiam in morte nullum fallere: Es ziert sich für einen Rechtschaffenden, selbst im Tod niemanden zu täuschen

Bonis avibus: Unter günstigen Vorzeichen

Bonis nocet, quisquis pepercit malis: Den Guten schadet man, wenn man die Bösen geschont hat

Bonis quod bene fit, haud perit: Wohltat bringt Zinsen

Bonitatis verba imitari maior malitia est: Gütige Worte nachzuahmen ist eine schlimme Bosheit

Bonorum cessio: Freiwillige Güterabtretung

Bonorum crimen officiosus est miser: Die Hilfe eines Armen ist ein Vorwurf gegen die Reichen

Bonos corrumpunt congressus mali: Schlechte Gesellschaft verdirbt die guten Sitten

Bonum ad virum cito moritur iracundia: Der Zorn hört bei einem guten Menschen schnell auf

Bonum avitum: Stammgut

Bonus esse non potest aliis, malus sibi: Wer sich selbst nicht gut ist, ist keinem ein Freund

Bonum est fugienda aspicere in alieno malo: Fremdes Leid ist ein guter Lehrmeister

Bonum, quod est, supprimitur, numquam extinguitur: Das Gute kann man unterdrücken, aber niemals beseitigen

Bonus animus laesus gravius multo irascitur: Wenn eine gute Seele gekränkt wird, dann gerät sie viel mehr in Zorn

Bonus animus numquam erranti obsequium accommodat: Niemals ist eine gute Seele einem Irrenden willfährig

Bonus eventus: Guter Erfolg

Bonus vir nemo est, nisi qui bonus omnibus: Ein guter Mann ist zu allen gut

Bonus vir semper tiro: Ein guter Mensch bleibt immer ein Anfänger

Bonus vir nemo est, nisi qui bonus est omnibus: Wer ein guter Mensch sein will, muss zu allen gut sein

Bos ad aquam tractus non vult potare coactus: Ein Rind, das man ans Wasser schleppt, trinkt nicht freiwillig

Bos apud acervum: Bei seinesgleichen

Bos lassus fortius figit pedem: Ein müder Ochse tritt hart auf

Bovem cornu trahit: Er zieht den Stier an den Hörnern

Brevi manu: Ohne Umstände

Brevis ipsa vita, sed malis fit longior: Das Leben ist kurz, aber durch Unglück wird es länger

Brevis ira est ipsa memoria iracundiae: Ein kurzer Zorn ist die Erinnerung an einen Zorn

Bucula fit cuius, ad caudam se gerit huius: Eine Kuh, die packt man beim Schwanz

C

Caecis hoc satis clarum: Das sieht auch ein Blinder ein

Caecus ne iudicet de calore: Ein Blinde soll nicht über die Farbe urteilen

Caelebs caelestium vitam ducens: Mit der Ehe hört die Freiheit auf

Caelum aratro findere: Den Himmel pflügen

Caelum terrae miscere: Alles über einen Kamm scheren

Caesar ad Rubicon: Am Scheideweg stehen

Caesar citra Rubicon: Die Entscheidung ist gefallen

Caesar non supra grammaticos: Auch ein Kaiser muss sich an die Regeln halten

Calcasti me iacentem, violente!: Du Gewalttätiger, du hast mich am Boden liegend getreten

Caldum meiere et frigidum potare: Die Ausgaben sind jetzt hoch, aber die Einnahmen niedrig

Campus habet oculos, silvae aures: Im Gelände wird man gesehen und im Wald gehört

Candior cycno: Schwanenweiß

Canes pigri vehementius latrant: Die faulen Hunde bellen am lautesten

Canes plerumque, qui vehementius latrant, habentur viliores: Hunde, die am lautesten bellen, sind meistens wertlos

Canes, qui plurimum latrant, peraro mordent: Hunde, die sehr viel bellen, beißen selten

Canis a corio numquam absterrebitur uncto: Ein Hund hat immer Lust auf eine fette Haut

Canis caninam non est mordere pellem: Ein Hund beißt nicht den anderen

Canis caninam non est: Ein Hund frisst keinen Hund

Canis, qui mordit, morditur: Ein bissiger Hund hat Bisswunden

Canis sine dentibus latrat: Ein zahnloser Hund bellt nur

Canit avis quaevis sicut rostrum sibi crevit: Reden wie einem der Schnabel gewachsen ist

Cantherino ritu astans somniare: Stehend wie ein Gaul träumen

Cantilenam eandem canis: Es ist immer die alte Leier

Capita aut navim: Kopf oder Wappen!

Capite censi: Proleten

Capitis deminutio: Verlust der persönlichen Freiheit

Capiunt vitium ni moveantur aquae: Stehendes Wasser stinkt

Carbonem pro thesauro invenimus: Wir finden Kohlen statt einen Schatz

Carcer numquam pulcher: Das Gefängnis ist immer hässlich

Caret periculo, qui, etiam cum est tutus, cavet: Man ist vor Gefahren sicher, wenn man sich nie in Sicherheit wiegt

Caro roborat, pisces sunt parva alimenta: Fleisch macht Fleisch, aber Fisch macht nichts

Carpe diem!: Genieße den Tag!

Casta ad virum matrona parendo imperat: Eine fügsame Frau beherrscht ihren Mann

Casus belli: Kriegsfall

Catorum nati sunt mures prehendere nati: Die Katze lässt das Mausen nicht

Cauda de vulpe testatur: Den Fuchs erkennt man am Schwanz

Causa activa: Durch ihre Tätigkeit sichtbare Ursache

Causa adaequata: Ihrer Wirkung entsprechende Ursache

Causa aliqua: Es gibt irgendeine Ursache

Causa cognoscendi: Erkenntnisgrund

Causa creatrix: Schöpferische Ursache

Causa efficiens: Treibende Kraft

Causa essendi: Seinesgrund

Caus exemplaris: Ursache, die das Vorbild als Wirkungsursache ansieht

Causa extrinseca: Die äußere Ursache

Causa finalis: Endursache

Causa formalis: Formende Ursache

Causa instrumentalis: Ursache, die Mittel und Werkzeug einer anderen Ursache ist

Causa iusta: Gerechte Ursache

Causa materialis: Materialursache

Causa proxima: Die nächste Ursache

Causa sui: Ursache seiner selbst

Cave amicum credas, nisi si quem probaveras: Halte niemanden für einen Freund, ehe du ihn geprüft hast

Cave canem!: Vorsicht Hund!

Cave quiquam incipias, quod poeniteat postea!: Wenn du etwas beginnst, gib acht, dass du es nicht später bereust!

Cavendi nulla est dimittenda occasio: Keine Gelegenheit, wachsam zu sein, darf man aufgeben

Cedant arma togae, concedat laurea laudi!: Der Kampf soll aufhören und der Friede möge beginnen!

Cedendo victor abibis: Der Klügere gibt nach

Cedere maiori virtutis famae secunda est: Dem Stärkeren zu weichen ist die zweite Ehre der Tapferkeit

Cedit amor rebus, res age, tutus eris!: Die Liebe weicht der Arbeit! Bei der Arbeit kommst du auf andere Gedanken!

Cedo maiori: Ich weiche der Gewalt

Cedo nulli: Mir kann keiner

Celerius quam aspargi coquuntur: Schneller als Spargel gar wird

Cena comessa: Nach der Mahlzeit

Censura ecclesiastica: Die geistliche Strafgewalt

Centones sarcire: Einen Bären aufbinden

Certa mittimus, dum incerta petimus: Man setzt seine Sicherheit aufs Spiel, wenn man Unsicheres erlangen will

Certa praestant incertis: Auf Nummer sicher gehen

Certum, quia impossibile est: Es ist gewiss, weil es unmöglich ist

Cervina senectus: Ein sehr hohes Alter

Cessante causa cessat effectus: Mit der Ursache hört auch die Wirkung auf

Ceteris paribus: Unter sonst gleichen Bedingungen

Ceterum censeo: Im Übrigen bin ich der Meinung

cf oder cfr. (confer): Vergleiche!

Characteristica universalis: Bezeichnungskunst

Christigena hoc peior, Romae quo iunctior urbi: Die Christen sind umso schlechter, je näher sie Rom wohnen

Cicatrix conscientiae pro vulnere est: Wie eine Wunde ist die Narbe im Gewissen

Cineri nunc medicina datur: Der Tote braucht keine Medizin mehr

Circulus aequinoctialis: Äquator

Circulus horarius: Stundenkreis

Circulus in demonstrando: Zirkelschluss

Circulus meridionalis: Mittagskreis

Circulus in definiendo: Zirkeldefinition

Circulus in probando: Zirkelbeweis

Circulus vitiosus: Fehlerhafter Kreislauf (fehlerhafter logischer Schluss)

Cis et trans: Diesseits und Jenseits

c.l. (citato loco): An der angeführten Stelle

Cito – citissime: Schnell – schnellstens

Cito culpam effugias, si incurrisse paenitet: Man kann sich schnell von der Schuld befreien, wenn man bereut, sich darin verstrickt zu haben

Cito ignominia fit superbi gloria: Schnell wird der Ruhm eines Stolzen zur Schande

Cito improborum laeta ad perniciem cadunt: Die Freude der Schlechten verwandelt sich schnell in Verderben

Cito, tuto, iucundo: Schnell, sicher, angenehm

Civis Romanus sum: Ich bin ein Römer

Clamitat ad coelum: Himmelschreiend

Clam, vi et precario: Heimlich, durch Gewalt oder Bitten

Clara voce: Mit heller Stimme

Clare et distincte: klar und deutlich

Clarissimus vir: Durchlaucht

Classici auctores: Klassiker

Claudicatio spontanea: Freiwilliges Hinken

Claudite iam rivos, pueri! Sat prata biberunt: Knaben, schließt die Zuflüsse; die Wiesen sind nass genug!

Claves St. Petri: Die Schlüssel des Heiligen Petrus (Papst)

Clavum clavo pellere: Man treibt einen Keil mit einem anderen aus

Clipeum post vulnera sumo: Ich treffe zu spät Vorbereitungen

Coelum, non animum mutant, qui trans mare currunt: In der Fremde verändert sich nicht der Charakter eines Menschen

Cogas amantem irasci, amari si velis: Du ruft bei einem Verliebten Zorn hervor, wenn du willst, dass er dich liebt

Coge intrare!: Los, rein mit ihnen!

Cogitationes posteriores sunt saniores: Nachher ist man immer klüger

Cogitationis poenam nemo patitur: Die Gedanken sind straflos

Cogito, ergo sum: Ich denke, also bin ich

Cognitio adaequata – inadaequata: Angemessene Erkenntnis – unangemessene Erkenntnis

Colubra restem non parit: Der Apfel fällt nicht weit vom Stamm

Colubrino ingenio esse: Listig wie eine Schlange sein

Columba caeca invenit interdum pisum: Auch ein blinde Taube findet bisweilen eine Erbse

Colubram in sinu fovere: Eine Schlange am Busen nähren

Columnae Herculis: Die Meerenge von Gibraltar

Comes facundus in via pro vehiculo est: Ein redseliger Begleiter ist so gut wie ein Wagen

Commercium exest, initium fidelitatis: Der geschäftliche Teil ist zu Ende, jetzt beginnt der gesellige Teil

Communiter neglegitur quod communiter agitur: Was alle benutzen, wird auch von allen nachlässig behandelt

Concedo: Ich stimme zu

Concepto immaculata beatae Virginis: Die unbefleckte Empfängnis der glückseligen Jungfrau

Concilium medicum: Ärztliche Beratung

Conclamatum est: Es ist vorbei

Concolores aves facillime congregantur: Vögel gesellen sich zu ihresgleichen

Concordia discors: Brüchige Eintracht

Concordia parvae res crescunt, discordia maximae dilabuntur: Durch Eintracht wachsen kleine Dinge, durch Zwietracht zerbrechen die größten

Concursus Dei: Das Eingreifen Gottes

Concursus ad delictum: Beteiligung an einem Verbrechen

Conditio, sine qua non: Notwendige Bedingung

Confessio fidei: Glaubensbekenntnis

Consentio: Ich stimme zu

Conscia mens recti famae mendacia ridet: Wenn man ein gutes Gewissen hat, kann man über Lügen lachen

Conscientia mille testes: Ein gutes Gewissen ersetzt tausend Zeugen

Consilia evangelica: Sittliche Vorschriften für das Seelenheil

Consilio melius vincas quam iracundia: Überlegung führt dich eher zum Erfolg als Zorn

Consilium abeundi: Der Rat abzugehen

Consilum in dubiis remedium prudentis est: In einer schwierigen Lage hilft Überlegung dem Weisen

Consilium inveniunt multi, sed docti explicant: Einen Plan haben viele, aber nur die Erfahrenen führen ihn aus

Consortes litis: Streitpartei

Constituto criminalis Carolina: Halsgerichtsordnung Karl V.

Consuetudinis magna vis est: Groß ist die Macht der Gewohnheit

Consuetudo altera lex: Gewohnheit steht neben dem Gesetz

Consuetudo quasi altera natura: Gewohnheit ist eine zweite Natur

Contingere quae dolent, molestum est: Im Haus des Gehängten sprich nicht vom Strick!

Contemni gravius sapienti es quam percuti: Für den Weisen ist verachtet zu werden schlimmer als getötet zu werden

Continere se intra pelliculam: Nicht mehr scheinen als sein

Contradictio explicata: Ein erkennbarer Widerspruch zweier Sätze

Contradictio implicata: Ein versteckter Widerspruch zweier Sätze

Contradictio in adiecto: Widerspruch im Beiwort

Contra bonos mores: Gegen die guten Sitten

Contradictio in adiecto: Widerspruch in der Beifügung

Contra felicem vix deus vires habet: Kaum hat ein Gott Macht über einen vom Glück Begünstigten

Contra hostem aut fortem oportet esse aut supplicem: Gegen einen Feind muss man entweder tapfer oder demütig sein

Contra legem: Ungesetzlich

Contra sextum praeceptum: Verstoss gegen das sechste Gebot (unsittlich)

Contumeliam nec fortis pote nec ingenuus pati: Schande kann weder der Tapfere noch der Edle ertragen

Contumeliam si dices, audies: Wenn man Schlechtes sagt, wird man dies auch zu hören bekommen

Connubia sunt fatalia: Ehen werden im Himmel geschlossen

Constanter et sincere: Standhaft und ehrlich

Consummatum est: Es ist vollbracht

Conventio in manum: in Obhut übergeben werden

Copia nauseam parit: Überfluss erzeugt Überdruss

Cor in ore, os in corde: Herz im Mund, Mund im Herzen

Cor non mentitur: Das Herz lügt nicht

Coram notario et testibus: Vor Notar und Zeugen

Coram populo: Öffentlich

Corium asini crassum: Ein dickfelliger Esel

Corium nec cribris iam idoneum: Die Haut taugt nicht einmal für ein Sieb

Cornix cornici numquam effodit ocellum: Ein Krähe hackt der anderen nicht das Auge aus

Cornu copiae: Füllhorn

Corpus Christi: Fronleichnamstag

Corpus delicti: Gegenstand des Vergehens

Corpus iuris: Gesetzessammlung

corr. corr. imp. (correctis corrigendis imprimatur): Nach Verbesserung der Fehler kann es gedruckt werden

Correctio fraterna: Brüderliche Zurechtweisung

Correus debendi: Mitschuldner

Corrumpunt bonos mores colloquia prava: Schlechte Gesellschaft verdirbt den Charakter

Corvi lusciniis honoratiores: Raben stehen über die Nachtigalle

Corvum hiantem deludere: Einen Habsüchtigen täuschen

Cotidie damnatur, qui semper timet: Täglich wird bestraft, wer sich ängstigt

Cotidie est deterior posterior: Täglich gilt, dass der folgende Tag immer schlechter ist

Crabrones non sunt irritandi: Hornissen soll man nicht reizen

Crambe repetita: aufgewärmt

Cras credo, hodie nihil: Das glaube ich niemals

Cras legam: Hat noch Zeit

Crassa Minerva: Laienhaft

Crassas cervices habere: Unverschämt sein

Creatio continua: Unaufhörliche Schöpfung

Crebro ignoscendo facies de stulto improbum: Wenn du einem Narr allzu häufig verzeihst, machst du ihn zum Bösewicht

Credat Judaeus Apella: Mag's glauben, wer will

Crede experto!: Vertraue dem Fachmann!

Credenda supra rationem sola fide tenenda: Was über der Vernunft steht ist nur durch den Glauben verständlich

Credo, quia absurdum: Ich glaube es, weil es ungereimt ist

Credo, quia impossibile: Ich glaube, weil es mit dem Verstand nicht nachvollziehbar ist

Credo, ut intellegam: Ich glaube, um zu verstehen

Crescentem sequitur cura pecuniam: Je mehr Geld, desto mehr Sorge

Crescit audacia experimento: Der Mut wächst mit der Erfahrung

Crescit in periculo virtus: In der Gefahr wächst der Mut

Cretizare cum Cretensi: List muss man mit List abwehren

Cribro aquam haurire: Mit dem Netz Wasser schöpfen wollen

Crimen fractae pacis publicae: Landfriedensbruchs

Crimen laesae maiestatis: Majestätsbeleidigung

Crimen reliquit vitae, qui mortem appetit: Wer sterben will, erhebt gegen das Leben einen Vorwurf

Crimen sacrilegi: Kirchenraub

Cruci fixus: Kruzifix

Crucifige eum: Kreuzigt ihn!

Crudelem medicum intemperans aeger facit: Wenn ein Kranker sich nicht beherrschen kann, wird sein Arzt erbarmungslos

Crudelis non est fortis, qui infantem necat: Wer ein Kind tötet, ist grausam, aber nicht tapfer

Crudelis in re adversa est obiurgatio: Tadel ist im Unglück grausam

Crudelis lacrimis pascitur, non frangitur: Der Grausame weidet sich an den Tränen, aber sie rühren ihn nicht

Crux est generis omnis: Nichts ist ohne Nachteile

Crux interpretum: Ein schwer zu erklärende Textstelle

Cubitum nullum processere: Keinen Schritt vorwärts kommen

Cucurbitae caput non habemus: Wir sind keine Strohköpfe

Cui bono?: Wem nützt es?

Cuius regio, cuius religio: Wem das Land gehört, der bestimmt über die Religion

Cui nolis saepe irasci, irascaris semel: Wem du nicht oft zürnen willst, zürne nur einmal

Cui omnes benedicunt, possidet populi bona: Wen alle loben, der hat alles, was er will

Cui plus licet, quam par est, plus vult, quam licet: Wem mehr erlaubt ist, als es gerecht ist, der will auch mehr, als erlaubt ist

Cuius mortem amici exspectant, vitam cives oderunt: Wenn Freunde auf den Tod eines Menschen nur warten, dann wird dieser auch von seinen Mitbürgern gehasst

Cuivis dolori remedium est patientia: Für jeden Schmerz ist Geduld ein Heilmittel

Cuivis potest accidere, quod cuiquam potest: Was einem zustoßen kann, das kann jeden treffen

Cultus concessus atque magnificus addidit hominibus auctoritatem: Kleider machen Leute

Cum ames non sapias, aut cum sapias, non ames: Wenn man liebt, ist man schwerlich weise, oder wenn man weise ist ist, dann liebt man kaum

Cum beneficio inventarii: Mit der Wohltat des Inventars (Haftung aufgrund eines schriftlichen Inventarverzeichnisses)

Cum das avaro praemium, ut noceas roges: Wenn man einem Geizigen eine Belohnung gibt, dann forderst du ihn auf, dir zu schaden

Cum dixeris, quod vis, audies, quod non vis: Wer frei von der Leber spricht, muss sich auch anhören, was ihm nicht gefällt

Cum deo et die: Mit Gott und dem Tag

Cum grano salis: Nicht wörtlich

Cum infamia: Mit Schande

Cum inimico nemo in gratiam tuto redit: Niemand versöhnt sich mit seinem Feind ohne Gefahren

Cum recte vivis,ne cures verba malorum; arbitrii non est nostri, quid quisque loquatur: Wenn du ordentlich lebt, musst du dich nicht um das Gerede der schlechten Menschen kümmern. Es liegt nämlich nicht in unserer Macht, was jeder einzelne sagt.

Cum semet vincit sapiens, minime vincitur: Wenn der Weise sich selbst besiegt, so wird er auf keinen Fall besiegt

Cum vitia prosunt, peccat qui facit recte: Wenn Laster von Nutzen sind, begeht der einen Fehler, der richtig handelt

Cumulatio actionum: Klagehäufung

Cuncta sunt scibilia via rationis: Der Verstand kann alles erkennen

Cunctis sua displicet aetas: Mit der Gegenwart sind alle unzufrieden

Curae canitiem inducunt: Sorgen lassen die Haare grau werden

Curae minores: Die kleinen Tagesprobleme

Curarum maxima nutrix nox: Nachts machen sich die Sorgen am stärksten bemerkbar

Curato pedes, stomachum, caput, cetera nihil: Sorg' dich nur um die Füße, den Mund und Kopf, aber nicht um das übrige!

Curator bonorum: Der Vormund

Curator perpetuus: Ständiger Vormund

Currenti calamo: Flüchtig niedergeschrieben

Curriculum vitae: Lebenslauf

Currus bovem trahit: Den Ochsen hinter den Pflug spannen

Custoditur difficulter, quod a multis petitur: Was viele begehren, kann man schwer bewachen

Cycnea: Schwanengesang

D

d.d.d. (dat, donat, dedicat): Er gibt, schenkt, widmet

Dabit deus his quoque finem: Gott wird auch diesen ein Ende geben

Da locum meliori!: Der Bessere hat den Vorzug

Da pignus!: Gib einen Pfand!

Daemon daemone pellitur: Den Teufel mit dem Teufel austreiben

Daemon languebat, tum monachus esse volebat: Wenn der Teufel krank ist, will er ein Mönch werden

Damnare est obiurgare, cum auxilio est opus: Tadeln bedeutet verurteilen, wenn Hilfe notwendig ist

Damnatur: Er wird verdammt / ausgestoßen (Kirche); (das Buch) ist verboten

Damnum appellandum est cum mala fama lucrum: Verlust muss man einen Gewinn mit Schande nennen

Damnum in mora: Schaden durch Verzögerung

Damnum proprium: Eigene Schuld

Damnum sequitur ludibrium: Wer den Schaden hat, muss für Spott nicht sorgen

Dat veniam corvis, vexat censura columbas: Die Großen lässt man laufen, die Kleinen hängt man

De alieno liberalis: Jemandem auf der Tasche liegen

De alieno ludit corio: Für andere die Kastanien aus dem Feuer holen

De asini umbra disceptare: Um des Esels Schaden streiten

Debitor huic praestat, qui debito solvere curat: Wer seine Schulden bezahlt hat, verbessert sein Vermögen

Debitum: Schuld

Debitum alienum: Fremde Schuld

Debitum coniugale: Eheliche Pflicht

Decantata fabula: Abgedroschenes Gerede

Decies repetita placebit: Zehnmal wiederholt, dann fällt der Groschen / geht ein Licht auf

Decipiunt multos favor principis, muliebris amor: Viele werden getäuscht durch die Gunst eines Herrn und die Liebe einer Frau

Decipiunt omnes nec nos in crimine soli: Alle versuchen zu täuschen, nicht nur wir

De dato: Vom Tag der Ausfertigung an

Deductis decucendis: Nach dem Beweis dessen, was zu beweisen war

Deductis impensis: Nach Abzug der Kosten

Deducto aere alieno: Nach Abzug der Schulden

De audito: Vom Hörensagen

Derit egenti as laquei pretium: Er wird keinen Cent mehr haben, um sich einen Strick zu kaufen

De facto: Tatsächlich

De facto et absque iure: Eigenmächtig und widerrechtlich

Defensor fidei: Beschützer des Glaubens

Defuncti ne iniuria afficiantur: Von den Toten soll man nicht schlecht reden

De gustibus non disputandum: Über Geschmack lässt sich nicht streiten

Deficiente pecu deficit omne: Bei Geldmangel fehlt es an allem

Definiendum: Das zu Bestimmende

Definiens: Das Bestimmende

De hodierno die: Vom heutigen Tag an

Dei gratia: Von Gottes Gnaden

Deiecto quivis arbore ligna legit: Wenn ein Baum gefallen ist, geht jeder mit der Axt hin

Deis inimicis natus: Unter ungünstigen Vorzeichen geboren

De integro: Von neuem

De iure: Von Rechtswegen

De lana caprina contendere: Um des Kaisers Bart streiten

Del. (deleatur): Tilgen!

Del. (delineavit): Es hat gezeichnet

De lege ferenda: Über den Erlass eines Gesetzes

Deliberando discitur sapientia: Weisheit lernt man durch Nachdenken

Deliberando saepe perit occasio: Durch Überlegen geht oft eine gute Gelegenheit verloren

Deliberandum est saepe, statuendum est semel: Überlegen muss man oft, aber man darf nur einmal beschließen

Deliberare utilia mora tutissima est: Nützliches zu erwägen ist eine sehr sichere Pause

Deliciae generis humanae: Das Entzücken der Menschheit (Ehrentitel)

Deligere oportet, quem velis diligere: Wen man lieben möchte, muss man auswählen

Demitto auriculas: Ich ergebe mich meinem Schicksal

Demonstratio a baculo ad angulum: Stockbeweis d.h. durch Prügel überzeugen

Demonstratio ad oculos: Beweis durch Augenschein

De mortuis nil nisi bene: Über die Toten nur Gutes (sagen)

Demptis demendis: Nach Abzug dessen, was man abziehen darf

Demulcet multum dulcis promissio stultum: Mit guten Worten fängt man die Leute

De nihilo nihil: Aus nichts entsteht nichts

Denominandi ius: Ernennungsrecht

De novo: Von neuem

Dente mordere invido: Vom Zahn des Neides gequält werden

Deo adnuente / favente: Mit Gottes Willen

Deo gratias: Gott sei Dank

Deo favente, naviges vel vimine: Mit Gottes Hilfe könntest du auch in einem Korb segeln

Deo non dante, nihil valet labor: Gegen Gottes Wille sind Mühen nutzlos

Deorum molae sero molunt: Gottes Mühlen mahlen langsam

De omnibus dubitandum est: Man muss alles anzweifeln

De omni re scibili et quibusdam aliis: Über alles Wissenswerte und einiges Andere (reden)

Deos iratos pedes lanatos habere: Die erzürnten Götter kommen auf leisen Sohlen

Deos ridere credo, cum felix vocer: Ich glaube, die Götter lachen über mich, wenn ich mich glücklich nenne

De plano: Ohne Umstände

De profundis: Aus tiefsten …

De rato: Nach Beschluss

De rebus omnibus et quibusdam aliis: Über alle Dinge und noch mehr

Deridens alium, non inrisus abibit: Wer Scherze macht, muss auch Scherze ertragen

Desinant maledicere, facta ne noscant sua: Sie sollen nicht weiter lästern, denn sonst lernen sie ihre eigenen Taten kennen

Desunt cetera: Das Übrige fehlt

Desunt inopiae multa, avaritiae omnia: Der Armut fehlt vieles, der Gier alles

De te fabula narratur mutato nomine: Die Geschichte behandelt deinen Fall mit abgeänderten Namen

De tragico cothurno strepere: Den Mund voll nehmen

De tripode dictum: Ein rätselhafter Ausspruch

Deus absconditus: Der verborgene Gott

Deus det: Gott gib!

Deus est in nostro pectore: Gott ist in unserem Herzen

Deus ex machina: Gott aus der Maschine, eine plötzliche Lösung / Erklärung

Deus nobis misereatur!: Gott erbarme sich unser!

Deus nobis haec otia fecit: Ein Gott hat uns diese Muße geschaffen

Deus non est velox ad poenam: Gott straft langsam

Deus sive natura: Gott oder die Natur

Deus undecumque iuvat modo propitius: Wie es Gott gefällt, geschieht es

Deus omne avertat: Gott, behüte mich

Deus videt, noli peccare: Sündige nicht! Gott sieht es

Deus vult: Gott will es

Devotio antiqua: Alte Frömmigkeit

Devotio moderna: Neue Frömmigkeit

Dextro tempore: Rechtzeitig

Diabolus unde prohibetur, mittit nuntium suum: Wo der Teufel nicht hin kann, schickt er seinen Boten

Di bene vertant, tene cruminam: Mögen die Götter es glücklich wenden, nimm den Geldbeutel!

Di facientes adiuvant: Die Götter helfen den Tüchtigen

Dicere perfacile est, opus exercere molestum: Reden ist einfach, handeln schwierig

Didicere flere feminae in mendacium: Das Weinen haben die Frauen zur Täuschung gelernt

Di lenti, sed certi vindices: Die Götter sind langsame, aber unbestechliche Richter

Di tibi favent!: Die Götter mögen dir gewogen sein!

Di tibi dent annos: Mögen die Götter dir eine glückliche Zeit geben

Dic, cur hic: Weshalb bist du hier?

Dicis causa: Wegen der Formalien, um den Anschein zu bewahren

Dicto anno: Im genannten Jahr

Dicto citius: Kaum gesagt

Dicto die: Am besagten Tag

Dictum de dicto: Erzählung nach dem Hörensagen

Dictum de omni et nullo: Was von allen gilt, gilt auch von einigen und jedem einzelnen; was von keinem gilt, gilt auch nicht von einigen und einzelnen

Dictum de reciproco: Aussage nach dem Wechselverhältnis

Dictum factum: Gesagt getan

Dictum sapienti sat est: Den Gelehrten ist gut predigen

Diem perdidi, amici: Ich habe einen Tag verloren, Freunde!

Diem vesper commendat: Den Tag lobt der Abend

Dies diem docet: Ein Tag lehrt den anderen

Dies irae, dies illa: Der Tag des Weltgerichtes, jener Tag ...

Dies, quod donat, timeas; cito raptum venit!: Sei auf der Hut, was der Gott gibt, ist schnell wieder weg!

Differentia specifica: Artbildender Unterschied

Difficile est calvum evellere: Wo kein Haar ist, was will man da schneiden

Difficile est dolori convenire cum patientia: Schmerzen vertragen sich nur schwer mit der Geduld

Difficile est longum amorem subito deponere: Eine alte Liebe lässt sich schwerlich aufgeben

Difficile est satiram non scribere: Es ist schwer kein Spottgedicht zu schreiben

Difficilem habere oportet aurem ad crimina: Taub muss man sich gegen Vorwürfe stellen

Difficilis emptor haud bona emit obsonia: Schwerlich kauft man verdorbenen Fisch

Digitis extremis: Oberflächlich

Digitis primoribus stare: Aufgeblasen wie ein Hahn

Digitulis duobus sumebas primoribus: Zaghaft

Digitum sustulit: Er bittet um Gnade

Digitos praerodat suos: Mit den Fingern danach lecken

Dignum laude virum musa vetat mori
Einen lobenswerten Mann lässt die Muße nicht sterben

Dii minorum gentium: Götter zweiten Ranges

Dimidium facti qui bene coepit, habet: Gut begonnen, ist halb gewonnen

Dimidium plus toto: Die Hälfte ist mehr als das Ganze

Dimissum, quod nescitur, non amittitur: Ein Verlust, von dem man nichts weiß, gibt es nicht

Dira necessitatis: Die grausame Notwendigkeit

Diruit, aedificat, mutat quadrata rotundis: Er zerstört, baut, vertauscht das Viereckige mit dem Runden (die Abwechslung lieben)

Discipulus est prioris posterior dies: Am folgenden Tag ist man klüger

Discite iustitiam moniti, et non temnere divos: Ich ermahne euch, lernt die Gerechtigkeit kennen und verachtet nicht die Götter

Discordia duorum canum super ossa: Der Streit zweier Hunde wegen der Knochen

Discordia fit carior concordia: Zwietracht macht die Eintracht lieb und teuer

Discrepant facta cum dictis: Die Taten stimmen nicht mit den Worten überein

Disiecti membra poetae: Zerstörte Glieder des Dichters (d.h. seine Worte)

Dissolvitur lex, cum fit iudex misericors: Wenn der Richter Mitleid hat, ist das Gesetz aufgehoben

Diu apparandum est bellum, ut vincas celerius: Wenn man schnell siegen will, muss man sich lange auf den Krieg vorbereiten

Diu deliberandum statuendum semel est: Man muss lange beraten, aber auch einmal beschließen

Dives aut iniquus est, aut iniqui heres: Ein Reicher ist entweder ein Schelm oder der Erbe eines Schelms

Dives est, qui sibi nihil deesse putat: Reich ist, wer glaubt, ihm fehlt nichts

Divide et impera!: Teile und herrsche!

Divitiae curas habet comites: Mit dem Reichtum kommen die Sorgen

Divitiae grandes homini sunt vivere parce: Sparsame Küche verschafft großen Reichtum

Dixi: Ich habe gesprochen

Dixi et salvavi animam meam: Ich habe gesprochen und meine Seele gerettet

Do, ut des: Ich gebe, damit du gibst

Docendo discimus: Durch Lehren lernen wir

Docta ignorantia: Gelehrte Unwissenheit

Doctor in absentia: Doktor im Abwesenheit (d.h. ein gekaufter Doktortitel)

Doctor honoris causa (Dr. h. c.): Doktor ehrenhalber

Doctor iuris utriusque: Doktor beider Rechte (der weltlichen und kirchlichen)

Doctrinae cultus, spernit nemo, nisi stultus: Die Wissenschaft erfreut sich niemals der Gunst des Dummen

Doctum doces: Deine Belehrung ist überflüssig

Docui te urinandi artem, et tu vis me demergere: Ich habe dir die Technik des Urinierens beigebracht und du willst mich ertränken (Wer einen Dieb vor dem Galgen bewahrt, der wird von ihm als erster erdolcht)

Dolor animi multo gravior est quam corporis: Der seelische Schmerz ist um vieles stärker als der körperliche

Dolorem patitur, qui dolendo vincitur: Leid erträgt, wer durch Schmerzen besiegt wird

Dolus non praesumitur: Täuschung wird nicht angenommen

Domi manere convenit felicibus: Zuhause zu bleiben gehört sich für einen Glücklichen

Domine, dirige nos!: Herr, führe uns!

Domine, exaudi!: Gott erhöre mich!

Domine, quo vadis?: Herr, wohin gehst du?

Dominus vobiscum: Der Herr sei mit euch!

Domi habuit, unde disceret: Er braucht niemanden, der ihn belehrt

Domi suae quilibet rex: In seinem Haus ist jeder König

Domi versura fit: Ich helfe mir selbst

Dominatrix omnium patientia: Die Geduld überwindet alles

Domini vestigia optimum stercus: Des Herren Fuß düngt den Acker gut

Domo doctus dico: Ich spreche aus eigener Erfahrung

Domum pusillam rem publicam: Mein Haus ist mein Königreich

Domus propria domus optima: Eigenes Haus, bestes Haus

Domus recta: Das gut eingerichtete Hauswesen

Dona praesentis cape laetus horae, et linque severa: Fröhlich genieße die Gaben der gegenwärtigen Stunde und lasse den Ernst beiseite!

Donec eris felix, multos numerabis amicos: Solange du glücklich bist, wirst du viele Freunde haben

Donec impleat orbem: Bis er den Erdkreis erfüllt

Donum exitiale: Ein tödliches Geschenk

Dormiens nihil lucratur: Wer schläft, macht keinen Gewinn

Putas dormienti haec tibi deos confecturos esse?: Glaubst du, die gebratenen Tauben fliegen dir in den Mund?

Dormit in utramvis aurem, quem cura reliquit: Wie man sich bettet, so schläft man

Dorsus totus prurit: Der ganze Rücken juckt

Dos est magna parentum virtus: Es ist ein Glück für einen Menschen, wenn er tüchtige Eltern hat

Do, ut des: Ich gebe, damit du gibst

Duabus sellis sedere: Auf zwei Stühlen sitzen

Dubitando ad veritatem pervenimus: Durch Zweifeln kommen wir zur Wahrheit

Dubium initium sapientiae: Der Zweifel ist der Anfang der Wahrheit

Ducis in consilio posita virtus militum: Die Tapferkeit der Soldaten ist abhängig vom Scharfsinn ihres Kommandeurs

Ducunt volentem fata, nolentem trahunt: Den Willigen führt das Schicksal, den Widerwilligen reißt es mit sich

Dulce bellum inexpertis; expertus metuit: Wer noch nicht im Krieg war, findet ihn schön; der Veteran fürchtet den Krieg

Dulce est desipere in loco: Köstlich ist es, zur passenden Zeit ausgelassen zu seinesgleichen

Dulce et decorum pro patria mori: Es ist köstlich und ehrenvoll, für das Vaterland zu sterben

Dulce etiam fugias, fieri quod amarum potest: Meide das Süße, weil es auch bitter werden kann!

Dulcia linquimus arva: Die schöne Gegend verlassen wir

Dulcia non novit, qui non gustavit amara: Das Glück kennt der nicht, wer niemals Unglück erfahren hat.

Dulcis amor patriae, dulce suos videre: Schön ist die Heimatliebe und seine Angehörigen wiederzusehen

Dulcior illa sapit caro, quae magis ossibus haeret: Das Fleisch an den Knochen schmeckt besser

Dum aurora fulget, moniti adulescentes, flores colligite: Jünglinge beachtet, pflückt die Blume in der Morgenröte

Dum calidum sentis farcimen mande bidentis: Man muss Heu machen, während die Sonne scheint

Dum clavum rectum teneam navemque gubernem: Was auch immer geschieht, ich muss meine Pflicht tun

Dum est vita grata, mortis condicio optima est: Wenn das Leben Spaß macht, dann stirbt man am besten

Dum fata sinunt, vivite laeti: Solange das Schicksal es zulässt, seid fröhlich!

Dum ferrum candet, tundendum est: Solange das Eisen glüht, muss man es schmieden

Dum loquor, hora fugit: Während ich rede geht die Zeit vorüber

Dum spiro, spero: Solange ich lebe, hoffe ich

Dum tacent, clamant: Ein beredtes Schweigen

Dum vitant stulti vitia, in contraria currunt: Während die Dummen Fehler zu vermeiden versuchen, begehen sie entgegengesetzte

Dum vivimus, vivamus: Solange wir leben, lasst uns fröhlich sein

Dummodo sit dives, barbarus ipse placet: Selbst ein unsympathischer Mensch gefällt, wenn er reich ist

Duo cum faciunt idem, non est idem: Wenn auch zwei dasselbe machen, ist es noch lange nicht dasselbe

Duo retinacula melius navem defendunt: Zwei Angler halten ein Schiff besser

Duo unum expetunt palumbem: Zwei streiten sich um eine Taube

Duobus litigantibus tertius gaudet: Wenn zwei sich streiten, freut sich der dritte

Duplex fit bonitas, simul accessit celeritas: Schnelligkeit vergrößert eine gute Tat

Dura lex, sed lex: Auch ein hartes Gesetz bleibt immer ein Gesetz

Duro nodo durus quaerendus est cuneus: Auf einen groben Klotz gehört ein grober Keil

Durum durum destruit: Das Harte wird durch Hartes zerstört

Durum est negare, superior cum supplicat: Einem Mächtigen soll man keine Bitte abschlagen

Durum et durum non faciunt murum: Harte Steine mahlen nicht gut zusammen

Durum telum necessitas: Muss ist eine harte Nuss

E

e.c. (exempli causa): Zum Beispiel

E se finxit velut araneus: Es ist auf seinem Mist gewachsen

Eadem, sed aliter: Dasselbe, aber anders

Ebrietas prodit, quod amat cor, sive quod odit: Trockner Mund verrät des Herzens Grund

Ebrietas tristitiae medetur: Traurigkeit wird durch Trunkenheit geheilt

Ecce homo: Seht, welch ein Mensch!

Ecclesia militans: Streitende Kirche

E contra: Vom Entgegengesetzten aus; andererseits

ed. / edd. (edidit / ediderunt): Herausgegeben …

Edite, bibite, collegiales!: Esst und trinkt, Kollegen!

E flamma cibum petere: Aus den Flammen Speise holen

Effuge, quem turpi signo natura notavit!: Hüte dich vor denen, die Gott gezeichnet hat!

Effugere cupiditatem regnum est vincere: Die Gier zu meiden bedeutet ein Königreich zu besiegen

Ego ero post principia: Ich werde mich nicht vordrängen

Ego sum qui sum: Ich bin der, der ich bin

Eheu! Fugaces labuntur anni: Oh weh! Die Jahre verrinnen

Eheu, quam miserum est, fieri metuendo senem: Ach, wie ärmlich ist es, bis ins Alter mit der Furcht zu leben

Eiusdem farinae: Von gleicher Gattung

Elephantem e musca facis: Aus der Mücke einen Elefanten machen

Elephanti corio circumtentus est: Dickfellig wie ein Elefant

em. (emeritus): Im Ruhestand

Emas non quod opus est, sed quod necesse est!: Kaufe nicht, was notwendig ist, sondern nur das, was du nicht entbehren kannst!

Emere malo quam rogare: Ich kaufe lieber, als dass ich darum bettle

Emere melius est, cui imperes: Einen Bediensteten zu haben ist besser

Ense et aratro: Mit Schwert und Pflug

En! Amor electis, iniustis ordinat ultor!: Sieh! Liebe herrscht über die Auserwählten, aber der Rächer über die Ungerechten!

Eodem cubito, eadem trutina, pari libra: Mit dem Maß, mit dem man misst, wird man gemessen

Eo ipso: Gerade dadurch

Epicuri de grege porcum: Ein Atheist

Epistula non erubescit: Ein Brief wird nicht rot

Epistulae obscurorum virorum: Briefe von Dunkelmännern

Eripere telum, non dare irato decet: Dem Zornigen muss man die Waffe entreißen, aber nicht geben

Eques ipso melior Bellerophonte: Ein besserer Reiter als Bellerophon (der beste Reiter)

Equo currenti non opus calcaribus: Gib einem laufenden Pferd nicht die Sporen!

Equus conductius facit brevia miliaria: Fremdes Pferd und eigne Sporen machen kurze Meilen

Equus ut me portet, alat rex: Das Pferd trägt mich, der König ernährt mich

Ergo bibamus!: Lasst uns trinken!

Ereptum e faucibus: Gerade noch mit dem Leben davon gekommen

Eripe te morae!: Ans Werk!

Eripuit coelo fulmen sceptrumque tyrannis: Er entriss dem Himmel den Blitz und dem Tyrannen das Zepter

Eris mihi magnus Apollo: Ich werde dich für einen großen Propheten halten

Eritis Deus, scientes bonum et malum: Ihr werdet wie Gott sein, wenn ihr das Gute und Böse kennt

Errando discitur: Durch Irrtum lernt man

Erranti confessio medicina: Das Eingeständnis eines Fehlers ist hilfreich

Errare commune est mortalibus: Irren gehört zum Menschsein

Errare humanum est: Irren ist menschlich

Errare humanum est, perseverare autem diabolicum: Irren ist menschlich, aber auf dem Irrtum zu beharren ist teuflisch

Esse bonum quam videri velle: Ich möchte lieber gut sein als scheinen

Esse dies plures gelimis attendere cures: Es gibt mehr Diebe als Galgen

Esse est percipi: Sein bedeutet wahrgenommen werden

Esse per essentiam: Sein durch Wesenheit

Esse per participationem: Sein durch Teilnahme

Esse potius quam haberi: Mehr sein als scheinen

Essentia quinta: Das fünfte Element

Est annososa canis vix assuefacta catenis: Alte Hunde kann man sicher bändigen

Est arbuscula, non truncus curvandus in uncum: Ein Bäumchen, aber nicht den Baum darf man biegen

Est deus in nobis, agitante calescimus illo: Es ist ein Gott in uns, der uns zum Erglühen bringen kann

Est facile quodvis, quando fert opem Deus: Mit Gottes Hilfe ist alles leicht

Est homo bulla: Der Mensch ist eine Seifenblase

Est in canitie ridiculosa Venus: Nichts ist lächerlicher als ein verliebter Greis

Est modus in rebus et sunt certi denique fines: Es gibt in den Dingen ein Maß und bestimmte Grenzen

Est profecto deus, qui, quae nos gerimus, audit et videt: Gott hört und sieht, was wir tun

Est quaedam voluptas flere: Es bereitet ein gewisses Vergnügen, die Tränen zu vergießen

Esto laborator et erit deus auxiliator: Hilf dir selbst, dann hilft dir Gott

Esto quod esse videris: Du musst das sein, was du vorgibst zu sein

Esto sequens puerum quem miseris ad fora rerum!: Geh dem Knaben hinterher, wenn du ihm einen wichtigen Auftrag erteilt hast!

Esurienti ne occurras!: Versperre dem Hungernden nicht den Weg!

etc. (et cetera): übrigens

E tenui casa saepe vir magnus exit: Ein berühmter Mann stammt oft aus kleinen Verhältnissen

Et facere et pati fortia Romanum est: Tapfer zu handeln als auch zu ertragen ist römische Wesensart

Et genus et formam regina pecunia donat: Sowohl Abstammung als auch Aussehen verschaffen das Geld des Herrschers

Etiam capillus unus habet umbram suam: Auch das Haar hat seinen Schatten und jede Ameise ihren Zorn

Etiam hosti est aequus, qui habet in consilio fidem: Wer beim Planen auch dem Feind vertraut, ist gerecht

Etiam innocentes cogit mentiri dolor: Auch Unschuldige zwingt der Schmerz zu lügen

Etiam peccanti recte praestatur fides: Zu Recht wird Treue auch dem geleistet, der Schuld auf sich geladen hat

Etiam si Cato dicat!: Mag es auch Cato sagen! (Ich bin anderer Meinung)

Etiam sine lege poena est conscientia: Auch ohne Gesetz ist das schlechte Gewissen die Strafe

Etiamsi omnes, ego non: Wenn auch alle, ich nicht

Et in Arcadia ego: Auch ich war in Arkadien (ich scheine zu einem glücklichen Leben bestimmt)

Et lapis dabit vocem suam: Auch der Stein wird reden

Et quorum pars magna fui: Darin spiele ich eine wichtige Rolle

Et sanguis et spiritus pecunia mortalibus: Sowohl Blut als auch Atem ist das Geld der Menschen

Et seq. (et sequentia): Und das Folgende

Et sic de similibus: Und so über Ähnliches

Et tenuit nostras numerosus Horatius aures: Und es fesselt unsere Ohren der rhytmenreiche Horaz (röm. Dichter)

Et tu, Brute: Auch du Brutus?

Euge poetae: Gut, ihr Dichter

Eventus stultorum magister est: Durch Schaden wird man klug

Ex abrupto: Plötzlich

Ex abundantia cordis os loquitur: Wer das Herz voll hat, dem geht der Mund über

Ex alieno tergore lata secare lora: Aus fremder Haut lassen sich leicht breite Riemen schneiden

Ex amussim: Genau

Ex animo: Von ganzem Herzen

Ex arena funiculum nectis: Du knüpfst ein Seil aus Sand

Ex auribus cognoscitur asinus: An den Ohren erkennt man den Esel

Ex cathedra loquitur: Vom Katheder aus entscheiden (amtlich)

Excelsis multo facilius casus nocet: Wer ganz oben steht, ist um vieles leichter dem Zufall ausgesetzt

Exceptis excipiendis: Mit Ausnahme des Auszunehmenden

Exceptio confirmat regulam: Die Ausnahme bestätigt die Regel

Ex cinere in prunas: Aus dem Regen in die Traufe

Excidat illa dies!: Jener Tag mag verloren gehen

Excitat auditor studium: Zuhörer regen den Eifer an

Excludat iurgia finis!: Das Ende soll Streitigkeiten ausschließen!

Ex concesso: Aus dem Zugestandenem

Ex contractu: Nach dem Vertrag

Ex curia: Vom Gericht

Excusatio non petita, accusatio manifesta: Eine Entschuldigung ist das Eingeständnis einer Schuld

Ex debito iustitiae: Aus Schuldigkeit gegen die Gerechtigkeit

Ex definitione: Nach Definition

Ex delicto: Aus dem Vergehen

Ex docta elementariam fieri: Sich noch einmal auf die Schulbank setzen

Ex duobus malis minus est eligendum: Aus zwei Übeln muss man das kleinere auswählen

Exeat!: Er möge hinausgehen

Exegi monumentum aere perennius: Ich habe mir ein Denkmal geschaffen, das standhafter als Erz ist

Exempla docent: Beispiele lehren

Exempli causa: Zum Beispiel

Exemplis discimus: Durch Beispiele lernen wir

Exemplo plus quam ratione vivimus: Wir leben mehr nach dem Beispiel als nach der Vernunft

Ex eodem ore calidum et frigidum efflare: Aus demselben Mund Heißes und Kaltes blasen

Exercitatio artem parat: Übung macht den Meister

Exercitatio optimus est magister: Übung ist der beste Lehrer

Exest: Es ist auserwählt

Ex factis non ex dictis amici pensandi: Nach den Taten, aber nicht nach ihren Worten muss man Freunde prüfen

Ex eventu homines de consilio existimare: Einen Plan nach seinem Erfolg beurteilen

Ex facto ius oritur: Aus der Tat entsteht das Recht

Ex fructu cognoscitur arbor: An den Früchten erkennt man den Baum

Ex gratia: Aus Dank

Exigit et e statuis farinas: Er weiß aus jeder Sache seinen Nutzen zu ziehen

Ex improviso subvenit ipse deus: Unerwartet kommt selbst ein Gott zur Hilfe

Exiliat reliqua fore clausa questibus una: Wenn Gott eine Tür zumacht, macht er die andere auf

Exilium patitur, patriae qui se denegat: Verbannung erduldet, wer sich seinem Vaterland verweigert

Ex improviso deus subvenit ipse: Unversehens kommt Gott zu Hilfe

Exitus: Tod

Exitus acta probat: Das Ende krönt das Werk

Exitus in dubio est: Der Ausgang ist noch unsicher

Ex libris: Aus der Bibliothek von …

Ex magna cena stomacho fit maxima poena: Langes Abendbrot bereitet dem Magen große Not

Ex necessitate rei: Aus Notwendigkeit

Ex nihilo nihil fit: Aus nichts wird nichts

Ex nunc: Von jetzt an

Ex officio: Von Amts wegen

Ex ore parvulorum veritas: Kinder und Narren sagen die Wahrheit

Exoriare aliquis nostris ex ossibus ultor!: Ein Rächer möge aus meinen Gebeinen entstehen!

Expende Hannibalem!: Zieh den Hannibal in Betracht (man macht die Rechnung ohne den Wirt)

Experientia docet: Erfahrung lehrt

Experientia est optima rerum magistra: Erfahrung ist in allen Dingen die beste Lehrmeisterin

Experimentum crucis: Überkreuz-Experiment

Experto credite!: Glaubt den Fachleuten!

Expertus dico: Ich spreche aus Erfahrung

Expertus metuit: Gebranntes Kind scheut das Feuer

Expletur lacrimis egeriturque dolor: Der Schmerz wird durch die Tränen erstickt und ausgelöscht

Ex post facto: Im Nachhinein

Expressis verbis: Wörtlich gesagt

Ex proposito: Absichtlich

Ex quovis ligno non fit Mercurius: Aus jedem Holz wird noch kein Merkur

Exspecta, bos, olim herba!: Warte, Stier, das Gras wächst bald!

Exsul, ubi ei nusquam domus est, sine sepulcro est mortuus: Ein Verbannter, der nirgends eine Heimat hat, ist ein Toter ohne Grab

Ex tempore: Aus dem Stegreif

Extra culpam: Frei von Schuld

Extra lutum pedes habes: Du hast dein Schäfchen im Trocknen

Extra ordinem: Außerhalb der Reihe

Extra telorum iactum: Außer Schussweite

Extrema semper de ante factis iudicant: Das Ende fällt ein Urteil über die vorherigen Ereignisse

Extremis malis extrema remedia: Für die schlimmsten Übel die äußersten Mittel

Extremitates, aequalitates: Gegensätze ziehen sich an

Ex umbra in solem: Etwas klar stellen

Ex ungue leonem: An der Kralle erkennt man den Löwen

Ex uno specta!: Aus einem Gesichtspunkt beurteile alles!

Ex usu: durch Übung

F

Fabas indulcat fames: Hunger ist der beste Koch

Fabellas aniles: Altweibergeschwätz

Fabricando fabri sumus: Übung macht den Meister

Fabrum caedere cum ferias fullonem: Den Sack meint man und den Esel schlägt man

Fabrum esse suae quemque fortunae: Jeder ist seines Glückes Schmied

Fabula de te est: Es geht um dich

Fabula docet: Die Geschichte lehrt

Facere virorum, loqui mulierum: Der Mann muss handeln, Reden ist Frauensache

Facies hippcratica: Den Tod im Gesicht gezeichnet

Facile est dare vela secundis: Bei gutem Wetter ist Segeln einfach

Facile est imperium in bonos: Rechtschaffende sind leicht regierbar

Facile est iuventis addere: Leicht kann man zu Erdichtetem etwas dazu erfinden

Facile ex amico inimicum facies, cui promissa non reddas: Leicht wird aus einem Freund ein Feind, wenn man sein Versprechen ihm gegenüber nicht hält

Facile invenies, qui bene faciant,cum, qui fecerunt, coles: Leicht findest du neue Helfer, wenn du den alten Ehre erweist

Facile omnes, cum valemus, recta consilia aegrotis damus: Wenn wir gesund sind, geben wir leicht Kranken Ratschläge

Facile sit descensus Averni: Leicht ist der Abstieg in die Unterwelt

Facilius sit Nili caput invenire: Leichter ist es die Quelle des Nils zu finden

Facit gradum fortuna, quem nemo videt: Das Schicksal geht seinen Weg, unbemerkt von allen

Facit indignatio versum: Die Entrüstung macht den Vers

Fac simile!: Mach das Gleiche!

Facta loquuntur: Die Tatsachen sprechen

Fac totum!: Mach alles!

Factum, non fabula!: Es ist Tatsache!

Factum fieri infectum non potest: Geschehene Dinge lassen sich nicht ungeschehen machen

Factum abiit; monumenta manent: Das Ereignis ist vergangen; die Denkmäler bleiben

Faece tenus: Bis zur Neige

Fallaci nimium ne crede lucernae!: Trau nicht allzu sehr dem Dämmerlicht!

Fallacia alia aliam trudit: Eine Lüge schleppt zehn andere nach sich

Fallitur visus: Der äußere Anschein trügt

Falsum maledictum malevolum mendacium: Eine unberechtigte Schmähung ist eine bosartige Lüge

Fama crescit eundo: Ein Gerücht verbreitet sich

Fama malum qua non aliud velocius ullum: Es gibt kein Übel, das schneller als das Gerücht ist

Fama necat virum: Das Gerücht tötet den Mann

Fama nihil est celerius: Nichts ist schneller als ein Gerücht

Fama post cineres maior est: Nach dem Tod ist der Ruhm größer

Famam extendere factis: Den Ruf durch Taten verbreiten

Fama volat: Das Gerücht fliegt

Fames artium magister: Ein leerer Bauch lehrt alle Künste

Fames commendat cibos: Hunger ist das beste Gewürz

Fames est optimus coquus: Hunger ist der beste Koch

Fames etiam stultis ingenium acuit: Hunger schärft auch den Verstand der Dummen

Fames et mora bilem in nasum conciunt: Hunger und Verzug treiben die Galle in die Nase

*Fames optimum condimentum:*Hunger ist die beste Würze

Fames pellit lupum e silvis: Der Hunger treibt den Wolf aus dem Wald

Fas est ab hoste doceri: Es ist erlaubt sich auch vom Feind belehren zu lassen

Fata obstant: Das Schicksal steht entgegen

Fata viam invenient: Das Schicksal wird seinen Lauf nehmen

Fatetur facinus, qui iudicium fugit: Wer flieht, gesteht ein Verbrechen ein

Favete linguis: Schweigt!

Faucibus teneor: Das Messer sitzt mir an der Kehle

Felicitas praemium virtutis est: Tapferkeit wird mit Glück belohnt

Felicitas in sordidiam vertit: Glück stumpft ab

Felicitas multos habet amicos: Das Glück hat viele Freunde

Felicitas nutrix est iucundiae: Glück ist die Ziehmutter des Zorns

Felicium omnes sunt cognati: Reiche haben viele Verwandte

Felis amat pisces, sed aquas intrare recusat: Die Katze frisst gern Fische, aber sie scheut das Wasser

Felix Austria: Glückliches Österreich

Felix, qui nihil debet: Glücklich ist, wer nichts entbehrt

Felix, quem faciunt aliena pericula, cautum: Anderer Leute Fehler sind gute Lehrer

Felix sua sorte contentus: Glücklich ist, wer mit seinem Schicksal zufrieden ist

Femina est canna diaboli: Die Frau ist die Pfeife des Teufels

Femina raro bona, sed quae bona, digna corna: Eine Frau ist selten gut, aber wenn sie es ist, hat sie eine Krone verdient

Feminae naturam regere desperare est otium: Die Natur einer Frau zu ändern ist verlorene Liebesmüh

Fenum in cornu: Heu auf dem Horn haben (gefährlicher Mensch)

Ferae inter se placidae sunt, morsuque similium abstinent: Wilde Tiere sind unter einander friedlich und beißen sich nicht

Ferae naturae: Von wilder Natur

Feras difficilia, ut facilia perferas!: Ertrag Schwieriges, damit du Leichtes erträgst!

Feras, non culpes, quod mutari non potest!: Was du nicht ändern kannst, nimm geduldig hin!

Feras quod laedit, ut, quod prodest, perferas!: Ertrage, was dich verletzt, damit du erträgst, was nützt!

Feriunt summos fulgura montes: Blitze schlagen gern in hohe Türme ein

Ferre oleum in auricula: Sich geschmeichelt fühlen

Ferreus assiduo consumitur annulus usu: Durch ständigen Gebrauch wird auch ein Eisenring abgenutzt

Ferro nocentius aurum: Schädlicher als Eisen ist Gold

Ferrum ferro acuitur: Eisen wetzt Eisen

Ferrum flamma: Feuer und Schwert

Ferrum rubigo consumit: Rost vernichtet allmählich das Eisen

Ferrum suum in igne esse: Sein Eisen im Feuer haben (seine Sache wird verhandelt)

Fertilior seges est alienis semper in agris: Auf den Acker der anderen ist die Ernte immer besser

Fervet olla, vivit amicitia: Es kocht der Topf, es lebt die Freundschaft

Festina lente!: Eile mit Weile!

Festinare nocet: Eile tut nicht gut

Festinatio improvida est et caeca: Eile macht unsicher

Festinatio tarda: Eile bringt Verweilen

Fiat!: Es geschehe!

Fiat iustitia, pareat mundus: Es geschehe, was Recht ist, mag die Welt auch zugrunde gehen!

Fiat lux!: Es werde Licht!

Ficos dividere: Feigen teilen

Ficum hieme quaerere: Eine Feige im Winter suchen

Fida terra, infidum mare!: Bleib auf dem Land und lobe die See!

Fide, sed cui, vide!: Traue, aber schaue, wem!

Fidem nemo umquam perdit, nisi qui non habet: Man gibt niemals das Vertrauen auf, außer wenn man es nicht hatte

Fides in animum, unde abiit, vix umquam redit: Vertrauen, das man einmal verloren hat, kehrt kaum wieder zurück

Fiduciam pecuniam amisi, diffidentia vero servavi: Durch Vertrauen habe ich Geld verloren, durch Misstrauen aber es gerettet

Fidus Achates: Der treue Achates (ein treuer Freund)

Fieri curavit: Dass es werde, besorgte er

Figulus figulo, faber fabro invidet: Ein Bettler neidet den anderen

Filius nullius: Niemandes Sohn

Filium aquae: Den Faden des Wassers (Stromrinne)

Filo pendebit: Es hängt an einem seidenen Faden

Fini soli palma debetur: Das Ende bekommt den Siegeskranz

Finis adest: Das Ende ist da

Finis corona opus: Das Ende krönt das Werk

Finis et bonum: Ende gut, alles gut

Fistula dulce canit, volucrem dum decipit anceps: Wer Vögel fangen will, muss süß pfeifen

Flagrante bello: Während der Krieg wütete

Flamma fumo est proxima: Feuer und Rauch sind Nachbarn

Flammam a sapiente facilius ore in ardente opprimi, quam bona dicta teneat: Schwerer ist es einen guten Gedanken bei sich zu behalten als Feuer im Mund

Flebile ludibrium: Beweinenswerter Zeitvertreib

Flectere, si nequeo superos, Acheronta movebo: Wenn ich die Götter nicht erweichen kann, werde ich die Hölle in Bewegung setzen

Fletus aerumnas levat: Weinen erleichtert Schmerzen

Fluctuat nec mergitur: Er treibt dahin, aber geht nicht unter

Flumina iam lactis, iam flumina nectaris ibant: Ströme von Milch und Honig flossen

Fluvius cum mari certas!: Ein Fluss kämpft mit dem Meer!

Foedum inceptu, foedum exitu: Hässlich am Anfang, hässlich am Ende

Foeneratur Domino, qui miseretur pauperis: Wer dem Armen gibt, der leiht dem Herrn

Foenum habet in cornu: Er hat Heu auf dem Horn

Folia arboribus addere: Blätter den Bäumen zufügen

Foliis leviora: Leichter als Blätter

Fontes ipsi sitiunt: Selbst Quellen dürsten

Foris Helena, intus Hecuba: außen Helena, innen Hekuba (außen „hui“, innen „pfui“)

Forma bonum fragile est: Die Schönheit ist ein zerbrechliches Gut

Forma dat esse et distingui: Die Form gibt den Dingen Sein und dient zu ihrer Unterscheidung

Forma raro cum sapientia: Schönheit paart sich selten mit Weisheit

Forma viros neclecta decet: Männer sollen sich nicht herausputzen

Formosa facies muta commendatio est: Ein schönes Gesicht ist eine stumme Empfehlung

Formosa virgo est dotis dimidium: Ein schönes Gesicht ist die halbe Mitgift

Forsan et haec olim meminisse iuvabit: Vielleicht ist es auch nützlich, an dieses zu denken

Fortes fortuna adiuvat: Den Tapferen hilft das Schicksal

Fortes oppugnant, ne se superari sinant: Die Tapferen kämpfen, damit sie nicht verlieren müssen

Fortiter in re, suaviter in modo: Stark in der Sache, aber milde in der Art und Weise

Fortuna caeca est: Das Schicksal ist blind

Fortuna efficit caecos, quos complexa est: Das Glück macht blind

Fortuna favet fatuis: Das Glück begünstigt die Dummen

Fortuna fortes metuit, ignavos premit: Das Schicksal fürchtet die Tüchtigen und quält die Faulen

Fortuna immeritos auget honoribus: Das Schicksal begünstigt oft die Falschen

Fortuna multis dat nimium, satis nulli: Das Glück gibt vielen zu viel, aber keinem genug

Fortuna nimium, quem fovet, stultum facit: Wenn Gott einen strafen will, nimmt er ihm den Verstand

Fortuna non mutat genus: Das Glück ändert nicht die Art

Fortuna numquam sistit in eodem statu: Das Glück ist wankelmütig

Fortuna obesse nulli contenta est semel: Ein Unglück kommt selten allein

Fortuna plus quam consilium: Glück geht vor Verstand

Fortuna reposcit, quod dedit: Das Schicksal fordert zurück, was es gab

Fortuna unde aliquid fregit, cassum est reficere: Was das Schicksal zerbrochen hat, versucht man vergeblich wiederherzustellen

Fortuna vitrea est; tum cum splendet, frangitur: Glück ist wie Glas; wenn es glänzt, zerbricht es

Fortunae filius: Glückskind

Fortunam suam quisque parat: Jeder ist seines Glückes Schmied

Fortunate senex: Glücklicher Greis

Fortunato omne solum patria est: Dem Glücklichen ist jedes Land sein Vaterland

Fortunatus et ille, deos, qui novit agrestes: Glücklich ist auch jener, der die ländlichen Götter kennt (der auf dem Land lebt)

Foveam alcui fodere: Einem eine Grube graben

Fratrum concordia rara, discrepatio crebra: Eintracht unter Brüdern ist selten, Zwietracht aber häufig

Fraus est accipere, quod non possis reddere: Etwas zu nehmen, was man nicht zurückgeben kann, ist Betrug

Fraus est celare fraudem: Betrug ist, einen Betrug zu verheimlichen

Fraus in auctorem recidit: Betrug fällt auf den Urheber zurückgewiesen

Frenos imponit linguae conscientia: Das schlechte Gewissen legt der Zunge Zügel an

Frenum momorderis: Die Zähne zeigen (Widerstand leisten)

Frigidior bruma: Kalt wie Eis

Frigidum vinum picari pro nihilo ducentium: Kalten Wein teeren ist so gut, wie Nichtstun verkehrt ist

Fronde super viridi: Auf grünem Laub

Frondem in silva non cernere: Den Wald vor lauter Bäume nicht sehen

Fronte perspicere: Vom Gesicht ablesen

Fronti nulla fides: Der Gesichtsausdruck kann täuschen

Frontemque domini plus prodesse quam occipitium: Was der Herr beaufsichtigt, wird besser ausgeführt

Frugalitas miseria boni rumoris: Sparsamkeit ist bessere Armut

Fruges consumere nati: Geboren, um Früchte zu essen

Frustra habet, qui non utitur: Nutzlos ist Geld und Gut, das nicht genutzt wird

Frustra laborat, qui omnibus placere studet: Wer allen gefallen will, bemüht sich umsonst

Frustra puta, qui secum rationes putat: Wer die Rechnung ohne den Wirt macht, muss sie zweimal machen

Frustra rogatur, qui misereri non potest: Wer kein Mitleid hat, den bittet man vergeblich

Fucum factum: Sich blauen Dunst vormachen lassen

Fueris nostrae farinae: Wir sind alle aus demselben Teig

Fugiendo in media saepe ruitur fata: Durch die Flucht stürzt man oft mitten ins Unglück hinein

Fugit hora: Die Stunde vergeht

Fugit irreparabile tempus: Unwiderruflich schwindet die Zeit dahin

Fuimus Troes: Wir sind Trojaner gewesen (alles ist vorbei)

Fuit fermentum: Der Anfang von …

Fuit Ilium: Troja ist dahin (die Herrlichkeit ist entschwunden)

Fulmen est, ubi cum potestate habitat iracundia: Mächtiger Zorn ist wie ein Blitz

Fulmenta lectum scandunt: Man muss nicht die Stühle auf die Bänke stellen

Fundamentum est iustitiae fides: Die Grundlage der Gerechtigkeit ist das Vertrauen

Fundum alienum arat: Sich mit fremden Frauen abgeben

Funem abrumpere nimium tentendo: Allzu straff gespannt reißt das Seil

Funiculis ligatum vel puer verberaret: Einen Gefesselten kann selbst ein Kind schlagen

Fur furem cognoscit: Diebe kennen sich

Furari ad fures difficillimum est: Hütet der Dieb sein Haus, dann stiehlt man nicht so leicht was daraus

Furari litoris arenas: Den Sand des Strandes stehlen

Furcillis eiciunt: Mit Heugabel und Dreschflegeln vertreiben

Fures clamores metuunt: Diebe fürchten den Lärm

Furor fit laesa saepius patientia: Wenn Geduld missbraucht wird, verwandelt sie sich in Wut

G

Gallinae filius albae: Sonntagskind

Gallum in sterquilinio plurimum posse: Der Hahn ist König auf seinem Mist

Gaudeamus igitur: Daher lasst uns fröhlich sein

Gaudeant bene nati: Die von edler Abkunft sind, sollen sich freuen

Gaudent praenomine molles auricolae: Zarte Ohren finden Gefallen an einem Titel

Gaudet equis canibusque et aprici gramine campi: Pferde, Hunde und der Rasen eines sonnigen Feldes bereitet ihm Freude

Gaudii comes maeror: Der Freude Begleiter ist die Trauer

Geminat peccatum, quem delicti non pudet: Wer sich für seine Tat nicht schämt, hat eine doppelte Schuld

Generatio aequivoca: Ein zweideutiges Geschlecht / Zeugung

Generatio est medium inter esse et non esse: Das Entstehen ist die Mitte zwischen Sein und Nichtsein

Genius loci: Der Schutzgeist des Ortes

Gens humana ruit per vetitum nefas: Das menschliche Geschlecht stürzt durch das verbotene Unrecht

Genus non perit: Das Geschlecht / Gattung geht nicht unter

Genus proximum: Der nächsthöhere Gattungsbegriff

Gerrae: Reine Possen, Torheit

Gestor negotiorum: Geschäftsführer

Gladiatorem in harena capere consilium: Der Geübte weiß sich in der Gefahr zu helfen

Glaeba nulla relinquetur: Keine Scholle zurücklassen (nichts)

Glaebae adscriptus: Zur Scholle gehörig (leibeigen)

Gloria cuique sua est: Jeder erfreut sich an seinem Ruhm

Gloria in excelsi Deo: Ehre sei Gott in der Höhe

Gloriam qui spreverit, veram habet: Ruhm folgt dem, der ihn gemieden hat

Grammatici certant, et adhuc sub iudice lis est: Die Grammatiker streiten sich, und die Sache ist vom Richter noch nicht entschieden

Gratiae exspectativae: In Aussicht stehende Gunstbeweise

Gratia gratiam parit: Gunst erzeugt Gunst

Gratis paenitet esse probum: Man ärgert sich, wenn man umsonst rechtschaffen ist

Grave crimen, etiam cum leviter est dictum, nocet: Auch der geringste Vorwurf schadet

Grave praeiudicium est, quod iudicium non habet: Ein Vorurteil wiegt schwer, weil es unbegründet ist

Grave senectus est hominibus pondus: Den Menschen ist das Alter eine schwere Bürde

Graviora quaedam sunt remedia periculis: Einige Hilfsmittel sind schlimmer als die Gefahren

Gravis animi poena est, quem post facti paenitet: Reue nach der Tat ist eine schwere Strafe für die Seele

Gravissimum est imperium consuetudinis: Die härteste Herrschaft ist die der Gewohnheit

Gravius nocet, quodcumque inexpertum accidit: Schwerer schadet uns, was uns ohne Erfahrung trifft

Gula plures quam gladius peremit: Die Kehle richtet mehr Menschen zugrunde als das Schwert

Gutta cavat lapidem: Ein Tropfen höhlt den Stein

Gutta cavat lapidem non vi, sed saepe cadendo: Der Tropfen höhlt den Stein nicht durch Gewalt, sondern durch häufiges Fallen

Gutta fortunae prae dolio sapientiae: Ein Tropfen Glück geht über ein Fass Weisheit

H

Habeat sibi: Er soll die Suppe essen, die er sich eingebrockt hat

Habemus confitentem reum: Wir haben einen geständigen Angeklagten

Habemus papam: Wir haben einen Papst

Habent locum maledicti crebrae nuptiae: Häufiges Heiraten verschafft schlechten Ruf

Habent sua fata libelli: Die Büchlein haben ihr Schicksal

Habenti dabitur et abundabit: Wo Geld ist, kommt Geld hin

Habet et musca splenem: Auch eine Fliege ärgert sich

Habet in adversis auxilia, qui in secundis commodat: Wer im Glück hilft, dem wird im Unglück geholfen

Habet salem: Ein Witzbold

Habet suum venenum blanda oratio: Die schmeichlerische Rede hat ihr Gift

Habitus non facit monachum: Eine Kutte macht noch nicht einen Mönch

Habuisse et nihil habere: Hab‘ ich ist besser als hätt‘ ich

Hac sunt in fossa venerabilis ossa: In diesem Grab ruhen die Gebeine des verehrungswürdigen …

Haec a te non multum abludit imago: Auf diesem Bildnis bist du sehr gut getroffen

Haec hactenus: Soweit für dieses Mal

Haeret lateri letalis arundo: Vom tödlichen Pfeil getroffen

Hanc veniam petimusque damusque vicissim: Diese Gnade erbitten wir und gewähren sie auch von unserer Seite

Hannibal ante portas: Hannibal vor den Toren (es droht eine schwere Gefahr)

Has poenas garrula lingua dedit: Die schwatzhafte Zunge erlitt diese Strafe

Has vaticationes eventus comprobavit: Diese Weissagungen bestätigt der Erfolg

Haud aequum facit, qui quod didicit, id dediscit: Nicht richtig handelt, wer das Gelernte wieder vergisst

Haud curo: Ich mache mir keine Sorgen

Haud passibus aequis: Nicht eben gleichen Schrittes

Hectorem quis nosset, si felix Troia fuisset?: Wer hätte Hektor gekannt, wenn Troja glücklich gewesen wäre?

Herba mala cito crescit: Unkraut wächst schnell

Herbam do: Ich gebe eine Pflanze (ich werfe das Handtuch (bin besiegt))

Herbarium vivum: Ein lebendiges Pflanzenbuch

Heredem ferre utilius est quam quaerere: Es ist nützlicher einen Erben zu ertragen als ihn zu suchen

Heredis fletus sub persona risus est: Der Erben Weinen ist heimliches Lachen

Heres legitimus: Der gesetzliche Erbe

Heu mihi! Non multum carmen honoris habet!: Weh mir! Nicht viel Ehre bringt ein Gedicht

Heu pietas! Heu prisca fides!: Ha, Ehrfurcht ! Ha, ehemaliges Vertrauen!

Heu! Quam difficile est crimen non prodere vultu!: Oh weh! Wie schwierig ist es, das Verbrechen nicht durch die Miene zu verraten!

Heu! Totum triduum!: Oh weh! Noch drei Tage !

Hiatus maxime deflendus: Eine sehr bejammernswerte Lücke

Hic cinis! ubique fama!: Hier die Asche! Überall Ruhm!

Hic esse et illic simul non possum: Man kann nicht an zwei verschiedenen Orten sein

Hic est, aut nusquam, quod quaerimus: Entweder ist es hier oder nirgendwo, was wir suchen

Hic et nunc: Hier und jetzt

Hic et ubique terrarum: Hier und überall auf der Welt

Hic finis fandi sit!: Hier ist ein Ende der Rede!

Hic funis nihil attraxit: Der Plan ist nicht geglückt

Hic haeret aqua: Hier geht es nicht weiter

Hic labor est: Hier sitzt der Knoten

Hic locus est, partes ubi se via findit in ambas: Hier ist die Stelle, wo sich der Weg nach beiden Seiten spaltet

Hic niger est! Hunc tu caveto!: Der ist böse! Hüte dich vor ihm

Hic Rhodus, hic salta!: Hier ist Rhodus, hier springe!

Hic summa et ima: Hier das Höchste und Niedrigste

Hic ver assiduum atque alienis mensibus aetas: Hier ist beständig Frühling und in den kalten Monaten Sommer

Hi curribus et hi in equuis: Diese auf Wagen, jene auf Pferden

Hinc illae lacrimae: Daher jene Tränen

Hinc omne principium, huc refer exitum: Von hier beginnt alles, hier soll es enden

Hinc te aufer!: Verschwinde von hier!

Hinc totam infelix vulgatur fama per urbem: Von hier verbreitet sich die unglückliche Nachricht durch die ganze Stadt

Hirundinem sub eodem tecto ne habeas!: Lass die Schwalbe unter deinem Dach kein Nest bauen!

Hirundines aestivo tempore praesto sunt; frigore pulsae resedunt. Ita falsi amici: Die Schwalben sind zur Sommerzeit da. Von der Kälte vertrieben ziehen sie fort wie die falschen Freunde

His nunc praemium est, qui recta prava faciunt: Jetzt werden die belohnt, die Unrecht begehen

Hoc age!: Tu dies!

Hoc anno: In diesem Jahr

Hoc erat in more maiorum: So war es nach der Sitte der Vorfahren

Hoc erat in votis: Dies ist Teil meiner Wünsche

Hoc est vivere bis, vita posse priora fui: Das frühere Leben genießen zu können heißt zweimal leben

Hoc habet: Das sitzt

Hoc multum est velle servari: Das ist schon viel gerettet werden zu wollen

Hoc nomine: In diesem Sinn

Hoc opus est: Dies ist nötig

Hoc pretium ob stultitiam fero: Diese Belohnung erhalte ich wegen meiner Dummheit

Hoc volo, sic iubeo: Dies will ich, so befehle ich

Hodie atque heri: Seit heute und gestern (seit kurzer Zeit)

Hodie mihi, cras tibi!: Heute mir, morgen dir!

Hodie non legitur: Die Vorlesung fällt aus

Hominem non odi, sed eius vitia: Ich hasse nicht diesen Mann, sondern seine Fehler

Hominem quaero: Einen Menschen suche ich

Hominem te esse memento!: Denke daran, dass du ein Mensch bist !

Homines amplius oculis quam auribus credunt: Die Menschen trauen den Augen mehr als den Ohren

Homines nihil agendo discunt male agere: Müßiggang ist aller Laster Anfang

Homines quo plura habent, eo ampliora cupiunt: Je mehr die Menschen haben, desto mehr wünschen sie

Homines sumus, non dei: Wir sind nur schwache Menschen

Hominis est errare, insipientis perseverare: Irren ist menschlich, aber närrisch darauf zu beharren

Homo alieni iuri: Eine Person unter Vormundschaft

Homo caecus animal et ipsum te nesciens: Der Mensch ist ein blindes Wesen, das sich selbst nicht kennt

Homo doctus in se semper divitias habet: Der gelehrte Mensch hat seinen Schatz immer dabei

Homo erectus: Der aufrecht gehende Mensch

Homo homini aut deus aut lupus: Der Mensch ist für den Menschen entweder ein Gott oder ein Wolf

Homo homini deus, si officium sciat: Der Mensch ist für den Menschen ein Gott, wenn er seine Pflichten kennt

Homo multi consilii et optimi: Ein Mensch voller Weisheit

Homo novus: Ein Aufsteiger

Homo proponit, sed Deus disponit: Der Mensch denkt, Gott lenkt

Homo sapiens: der weise Mensch (der jetzige Mensch)

Homo semper aliud, fortuna aliud cogitat: Der Mensch plant dieses, aber das Schicksal jenes

Homo sine religione sicut equus sine freno: Ein Mensch ohne Religion ist wie ein Pferd ohne Zügel

Homo sit homini deus!: Der Mensch sei dem Menschen ein Gott!

Homo solus aut deus aut daemon: Der Mensch ist entweder ein Gott oder ein Dämon

Homo iuris: Eine unabhängige Person

Homo sum; humani nihil a me alienum puto: Ich bin ein Mensch; nicht Menschliches ist mir fremd

Homo toties moritur, quoties amittit suos: Ein Mensch stirbt, so oft er seine Angehörigen verliert

Homo trium literarum: Ein Mann von drei Buchstaben (lat. Fur = Dieb)

Homunculi quanti sunt, cum recogito: Wie viele Menschlein gibt es, wenn ich nachdenke?

Honesta mors turpi vita potior: Ein ehrenvoller Tod ist besser als ein schimpfliches Leben

Honesta vita est beata: Ein ehrenhaftes Leben macht glückselig

Honestum non semper, quod licet: Nicht immer ist ehrenhaft, was erlaubt ist

Honoratur arbor ob umbram: Der Baum, der Schatten gibt, wird hoch geschätzt

Honores mutant mores: Ein Amt verändert den Charakter

Honoris causa: Ehrenhalber

Honor alit artes: Die Ehre ernährt die Künste

Honor habet onus: Ehre hat ihre Last

Hora, locus faciunt, quod fures non sua tollunt: Zeit und Ort bewirken, dass die Diebe nicht ihre Sachen stehlen

Hora ruit: Die Stunde eilt davon

Horam durare: Nur eine Stunde lang

Hordeum sacculo seri: Gerste wird für den Geldbeutel gesät

Horribile dictu … visu: Furchtbar zu sagen … zu sehen

Horror vacui: Widerwille gegen die Leere

Hos ego versiculos feci, tulit alter honores
Dieses Verslein stammt von mir, aber ein anderer trug die Ehre davon

Hosti frontem, pectus amico!: Dem Feind die Stirn, dem Freund die Brust!

Hostis adest!: Der Feind ist da!

Hostis est urxor invita: Der Feind ist eine widerwillige Gattin

Hostis etiamsi vilis, numquam contemnendus: Verachte keinen Feind, so schlecht er dir auch erscheint

Hoc usque nec amplius: Bis hierher und nicht weiter

Huius anni: Dieses Jahr

Huius loci: Dieses Ortes

Huius mensis: In diesem Monat

Humana non sunt turpia: Menschliches ist nicht schimpfliches

Humaniora / humaniores litterae: Humanistische Wissenschaften

Humanum amare est, humanum autem ignoscere est: Menschlich ist zu lieben, aber es ist auch menschlich zu verzeihen

Humum ore mordere: Ins Gras beißen

Hydra tam diu ad fontem portatur, donec vel tandem frangatur: Der Krug geht solange zum Brunnen, bis er bricht

Hypothese non fingo: Ich stelle keine Hypothese auf

I

Iacet omnis virtus, fama nisi late patet: Jede Tugend bleibt verborgen, wenn ihr Ruf nicht weit reicht

Iacta est alea: Der Würfel ist gefallen

Iacta alea sit!: Der Würfel sei geworfen!

Iactantiae comes invidia: Der Neid ist der Begleiter der Prahlerei

Iactum tacendum crimen facias acrius: Zu heftige Vorwürfe sind wirkungslos

Iam finis erat: Schon war das Ende da

Iam proximus ardet - Ucalegon: Schon brennt der Nachbar - Ucalegon

Iamque non pugna, sed caedes erat: Keine Schlacht mehr, sondern ein Abschlachten

Iamque quiescebant voces hominumque canumque: Schon schwiegen die Stimmen der Menschen und Hunde

Iam satis! Ohe!: Oh! schon genug!

Ianua lethi: Die Pforte des Todes

Ianuis clausis: Bei verschlossenen Türen

Ibidem: Ebendaselbst

Ibi pote valere populus, ubi leges valent: Wo Gesetze gelten, dort kann sich die Macht des Volkes entfalten

Ibis, redibis, non morieris in bello: Du wirst gehen, zurückkehren und nicht im Krieg fallen

Ibi semper est victoria, ubi concordia est: Wo Eintracht ist, dort ist auch der Erfolg

Id demum est homini turpe, quod meruit pati: Das erst ist für den Menschen schimpflich, was er er verdient zu erdulden

Ideae innatae: Angeborene Ideen

Idem per idem: Dasselbe durch dasselbe

Idem quod (i.e.): Dasselbe, was

Id est: Das heißt

Idem velle et idem nolle ea demum firma amicitia est: Dasselbe wollen und nicht wollen, das erst macht die feste Freundschaft aus

Id facere laus est, quod decet, non quod licet: Lobenswert ist das zu tun, was sich ziemt, nicht, was erlaubt ist

Id maxime quemque decet, quod cuiusque suum maxime: Das ziemt einem am meisten, was seiner Eigenart entspricht

I.e. (Abk. = id est): Das heißt

Ieiunus raro stomachus vulgaria temnit: Ein nüchterer Magen verachtet selten einfache Speisen

Ignarus rediit, Romam deductus asellus: Ein Dummkopf ist nach Rom zurückgekehrt. Man hat einen Esel dorthin geschleppt!

Ignavis semper feriae sunt: Die Faulen haben immer Ferien

Ignavus servos rector facit esse protervos: Wie der Herr, so der Knecht

Igne quid utilius?: Was ist nützlicher als das Feuer?

Igne semel tactus, timet ignem postmodo catus: Eine Katze, die das Feuer berührt hat, fürchtet es danach

Ignem ne gladio fodito: Du sollt im Feuer nicht mit dem Schwert herumstochern

Ignis aurum probat: Das Feuer prüft das Gold

Ignis in igne: Eine Leidenschaft steigert die andere

Ignis prope stipulum non est tutum: Feuer bei Stroh brennt lichterloh

Ignis sacer: Das heilige Feuer

Ignorabimus: Wir werden es nicht wissen

Ignorantia elenchi: Beweisfehler

Ignorantia facti excusat: Unkenntnis der Sachlage entschuldigt

Ignorantia legis: Unkenntnis des Gesetzes

Ignorantia non excusat legem: Das Gesetz nicht zu kennen ist kein Entschuldigungsgrund

Ignoscas aliis multa, nihil tibi!: Du sollst anderen vieles , die aber nichts verzeihen!

Ignosere hominum est, ubi pudet, cui ignoscitur: Es ist menschlich, dem zu verzeihen, der bereut

Ignoti nulla cupido: Unbekannt unverlangt

INRI (Jesus Nazarenus Rex Judorum): Jesus, der König der Juden

Iliacos intra muros peccatur et extra: Innerhalb und außerhalb der Mauern Trojas wird gefrevelt

Illa dolet vere, quae sine teste dolet: Geteilter Schmerz, ist halber Schmerz

Illata: Mobiliar

Ille crucem sceleris pretium tulit, hic diadema: Jener trug das Kreuz, den Lohn des Verbrechens, davon, dieser das Diadem

Ille terrarum mihi praeter omnes angulus ridet: Jener Flecken der Erde lächelt mir vor allen anderen entgegen

Illicita res: Eine unerlaubte Sache

Illico: Sofort

Illi robur et aes triplex circa pectus erat: Jener hatte Eichenholz und dreifaches Erz um die Brust

Illo ipso die: Gerade an jenem Tag

Illo nocens se damnat, quo peccat, die: An dem Tag, wo man ein Vergehen verübt, verurteilt man sich

Illud amicitiae sanctum ac venerabile nomen: Jener heilige und ehrwürdige Name der Freundschaft

Improbe Neptunum accusat, qui iterum naufragium habet: Zu Unrecht klagt der den Gott des Meeres an, der schon den zweiten Schiffbruch hat

Imbre cadunt tenui rapidissima flamina venti: Regen bei Sturm und Wind legt den Sturm geschwind

Imagines confusae: Unscharfe Vorstellungen

Immaculata: Die Unbefleckte (Maria, die Mutter Jesu)

Immensum gloria calcar habet: Der Ruhm hat einen gewaltigen Sporn

Immissio bonorum: Einsetzung in die Güter

Immissio penis: Der Geschlechtsakt

Impavidum ferient ruinae: Die Trümmer werden einen Furchtlosen treffen

Impedimentum canonicum: Ein kirchenrechtliches Hindernis

Imperare sibi maximum imperium est: Sich selbst zu besiegen ist der schwerste Sieg

Imperat aut servit collecta pecunia cuique: Geld macht den einen zum Herrn, den anderen zum Sklaven

Imperitia confidentiam, eruditio timorem creat: Unwissenheit weckt Vertrauen, Bildung aber Angst

Imperium et libertas: Herrschaft und Freiheit

Imperium in imperio: Ein Staat im Staat

Imperium summum: Die höchste Gewaltigen

Implicite: Mit einbegriffen

Impossibilium nulla obligatio est: Das Unmögliche kann man nicht erzwingen

Impotentia excusat legem: Unvermögen dient dem Gesetz gegenüber als Entschuldigung

Imprimatur!: Es (das Buch) kann gedruckt werden!

Impubes: Unmündig

Immunem oderunt cives sui: Einen Steuersünder hassen die Bürger

In absentia: In Abwesenheit

In abstracto: An sich betrachtet

In actu: Bei Ausübung der Tat

In aere piscari: In der Luft fischen (etwas Sinnloses tun)

In aeternum: Für ewig

In agone: Im Todeskampf

In ambiguo: Im Zweifel

In aqua scribis: Du schreibst in Wasser (eine vergebliche Arbeit)

In arena aedificare: Auf Sand bauen

In ariculo mortis: Im Augenblick des Todes

In balneis salus: Erholung in Bädern

In brevi: In Kürze

In capite: An der Spitze; am Anfang eines Kapitels

In casu: Im Fall

In causa facili cuivis licet esse deserto: In einer leichten Sache kann jeder mitreden

In cauda venenum: Das Gift sitzt unter dem Schwanz (das Schlimmste kommt noch)

Inceptio est amentium, haud amantium: So beginnen Narren, aber nicht Verliebte

Incerti sunt exitus belli: Wie Kriege enden, ist ungewiss

Incidit in Scyllam, qui vult vitare Charybdim: Wer die Charybdis meiden will, fällt in die Scylla (vom Regen in die Traufe)

Incipe! Dimidium facti est coepisse: Frisch gewagt, ist halb gewonnen

Incipias, cave quod mox perfecisse negabis: Besser nichts anfangen als etwas unerledigt liegen lassen

Inclusio unius est exclusio alterius: Einschließung des einen ist Ausschließung des anderen

Inclusive: Einschließlich

In coelo quies: Im Himmel ist Ruhe

Incognito: unbekannt

In continuo: Ununterbrochen

In contumaciam: Wegen Missachtung

In corpore: Insgesamt

In culpa: Strafbar

Incurvat genu senectus: Das Alter beugt das Knie

Inde irae et lacrimae: Daher Zorn und Tränen

Indefensus: Ohne Verteidigung

Index librorum: Verzeichnis der Bücher

Index rerum: Sachregister

Indictum sit: Die Aussage soll widerrufen werden

Indigne vivit per quem non vivit alter: Unwürdig lebt, der für niemanden zu sorgen hat

Indignor, quandoque bonus dormitat Homerus: Es ärgert mich, so oft der gute Homer schläft

Indignus est, qui illi calceos detrahat: Du handelst ohne Würde, wenn du diesem da die Schuhriemen aufschnürst

Indoctius et apertius: Wenn auch unwissenschaftlich, so doch verständlich

Indoles: Angeborene Anlagen

In dubio pro reo: Im Zweifel für den Angeklagten

In dulci iubilo: In süßer Freude

Industriae nil impossibile: Durch Fleiß kann man alles erreichen

Industriam Deus adiuvat: Gott hilft den Fleißigen

In eadem re utilitas et turpitudo esse non potest: Dieselbe Sache kann nicht nützlich und schändlich sein

In effigie: Im Bildnis

Inertiae dulcedo: Süßes Nichtstun

Inest et formicae sua bilis: Auch die Ameise besitzt eine Galle

Inest sua gratia parvis: Das Kleine hat seinen Reiz

In extenso: Ausführlich

In extraneis: In auswärtigen Dingen

Infandum, regina, iubes renovare dolorem: Oh, Königin, du weckst den unbeschreiblichen Schmerz der alten Wunde

Infantes, perhibent. Et stultos dicere vera: Kinder und Narren, sagt man, sprechen die Wahrheit aus

Inferior horret, quidquid peccat superior: Der Kleine muss büßen, was der Große versündigt

Infideli in minimis ne credas maiora!: Vertraue einem Menschen nicht große Sachen an, der bei kleinen Sachen sorglos sich verhält!

In fidem copiae: Zur Beglaubigung der Abschrift

In flagranti delicto: Auf frischer Tat

In flammam flammas, in mare fundis aquis: Öl ins Feuer gießen

In foro conscientiae: Vor deinem Gewissen

Infra dignitatem: Unter der Würde

In fraudem: Zum Betrug

In fuga mors foeda est, in victoria gloriosa: Auf der Flucht ist der Tod ehrlos, beim Sieg ehrenvoll

In futuro: In Zukunft

Ingeniorum cos aemulatio: Der Schleifstein der Talente ist der Wettstreit

Ingenium mala saepe movet: Das Talent regt oft die Übel an

Ingens telum necessitas: Eine gewaltige Waffe ist die Notwendigkeit

Ingenuas didicisse fideliter emollit mores, nec sinit esse feros: Wer die Wissenschaften ordentlich studiert hat, hat sein Wesen geläutert und es menschlicher gemacht

Ingrati immemores beneficiorum esse solent homines: Undankbare Menschen pflegen Wohltaten zu vergessen

Ingratis servire nefas: Undankbaren zu dienen ist Unrecht

Ingrato benefaciens perdidit oleum et operam: Einem Undankbaren eine Wohltat zu erweisen ist Geld- und Zeitverschwendung

Ingratus unus miseris omnibus nocet: Ein Undankbarer schadet allen Armen

In hoc signo vinces: Unter diesem Zeichen wirst du siegen

In infinitum: Bis ins Unendliche

Inimicum quamvis humilem docti est metuere: Kein kluger Streiter hält den Feind für gering

Iniqua numquam regna perpetuo manent: Die Tyrannei hat keinen ewigen Bestand

Iniquum petendum, ut aequum feras: Wer nach dem Kranz strebt, bekommt doch eine Blume

Iniquissimam pacem iustissimo bello antefero: Den ungerechtesten Frieden ziehe ich dem gerechtesten Krieg vor

Initia: Anfangsgründe

Initium fidelitatis: Anfang der Fröhlichkeit

Iniuria iniuriam cohibere licet: Ein Unrecht durch ein Unrecht zu verhindern ist erlaubt

Iniuriam qui facturus est iam facit: Wer im Begriff ist ein Unrecht zu begehen, verübt es schon

Iniuriarum remedium est oblivio: Vergessen ist für Schaden gut

In limine: Zu Anfang

In loco: Auf der Stelle

In magnis et voluisse sat est: Es genügt bei großen Dingen, den Willen gezeigt zu haben

In maiorem Dei gloriam: Zu höherem Ruhme Gottes

In margine: Am Rand

In mari aquam quaerit: Er sucht Wasser im Meer

In mari venari: Im Meer jagen (sinnlose Sache betreiben)

In medias res: Mitten in die Sache hinein

In medio stat virtus: Tugendhaft ist die goldne Mitte

In memoriam: Zum Gedächtnis

In monendi sapimus omnes: Beim Ermahnen sind wir alle weise

In necessariis unitas, in dubiis libertas, in omnibus caritas: In notwendigen Angelegenheiten Einheit, in zweifelhaften Freiheit und in allen Duldung

In nocte consilum: Ratsitzung in der Nacht (überstürztes Vorgehen)

In nomine domini incipit omne malum: Im Namen Gottes beginnt alles Unglück

In nova fert animus mutatas dicere formas: In neue Körper verwandelte Formen zu besingen treibt meinen Geist an

In nubibus: In den Wolken

In nuce: In kurzer Fassung

In obscuro: Im Dunkeln

In omnem eventum: Auf jeden Fall

In omnia paratus: Zu allem bereit

In optima forma: In bester Form

In pace: Im Frieden

In pace leones, in proelio cervi: Im Frieden Löwen, im Kampf Hirsche

In patria natus non est propheta vocatus: Der Prophet gilt nichts in seinem Vaterland

In perpetuam rei memoriam: Zur dauerhaften Erinnerung einer Sache

In pios usus: Zu frommen Gebräuchen

In pleno: Vollständig

In plerisque rebus mediocritas optima est: In den meisten Dingen ist die Mitte das Beste

In pontificalibus: In priesterlicher Kleidung

In portum navigare: In Sicherheit kommen

In posse: Im Können; in Vorbereitung

In potestate: In der Gewalt von

In publico: In der Öffentlichkeit

In puris naturalibus: Nackt

In quantum: Soweit

In regula: In der Regel

In rebus dubiis plurimi est audacia: In zweifelhaften Dingen ist Kühnheit von höchstem Wert

In rerum natura: In der Natur der Sache

In residuo: Noch übrig

In saecula saeculorum: In alle Ewigkeit

In saltu uno duos apros capere: Zwei Fliegen mit einem Schlag treffen

In salvo: in Sicherheit

Inscientia omnis arrogantiae mater est: Die Dummheit ist die Mutter der Arroganz

Insectantes minora, ubi maiora non suppetunt: Man muss mit dem Kleineren Vorlieb nehmen, wenn Größeres nicht zur Verfügung steht

In silvam ne ligna feras!: Trage kein Holz in den Wald!

Insipientis est dicere: Non putarem: Die Narren pflegen zu sagen „Ich hätte nicht gedacht."

In situ: In der Lage

Insperata saepe contigunt: Unerhofft kommt oft

In statu quo: Im bisherigen Zustand

In statu quo ante: Im Zustand, wie zuvor

Instar omnium: Wie alle

In succum et sanguinem: In Fleisch und Blut

In te, Domine, speravi: Auf dich, oh Herr, habe ich gehofft

Integer vitae scelerisque purus: Im Leben redlich und unbescholten

Integra mens augustissima possessio: Redliche Gesinnung ist der wertvollste Besitz

Integra omnia habere: Ziege und Kohl retten

Intellectus agens: Tätiger Verstand

Intellegenti pauca: Einem Gelehrten ist gut predigen

Intellegunt se mutuo ut fures in nundinis: Sie verstehen sich wie Diebe auf dem Jahrmarkt

In tenebris: In der Dunkelheit

In teneris consuescere multum est: Viel bewirkt die Gewöhnung in der Jugend

Inter alia: Unter anderem

Inter amicos omnium rerum communitas: Unter Freunden besteht eine Gemeinsamkeit in allen Dingen

Inter arma silent leges: Beim Waffenlärm schweigen die Gesetze

Intercalaris: Ein Schaltjahr

Interdictio aquae et ignis: Verbannung

Inter malleum et incudem: In der Klemme

Inter nos: Unter uns

Inter pocula: Beim Wein

Inter pueros senex: Unter Knaben ein Greis

Interpretatio authentica: Eine rechtsgültige Erklärung

In terrorem: Zum Schreck

Inter sacrum saxumque stat: Er ist der Rettung und dem Verderben gleich nah

In toto: Gänzlich

In toto et pars continetur: Im Ganzen ist auch der Teil enthalten

Intus habet, quod poscit: Er sucht den Esel und sitzt darauf

Intus Nero, foris Cato: Innen Nero, draußen Cato (innen pfui, außen hui)

Intra muros peccatur et extra: Innerhalb und außerhalb der Mauern wird gesündigt

In transitu: Auf der Durchfahrt

In trinitate robur: In der Dreieinigkeit die Kraft

In triplo: Dreifach

Introite, nam et hic dei sunt!: Trete ein, denn auch hier sind die Götter!

Intus et in cute te novi: Innen und außen kenne ich dich

In tyrannos: Gegen die Gewaltherrscher

In ultimis: Unter den letzten

In unoque virorum bonorum habitat deus: In jedem guten Menschen wohnt ein Gott

In usu: Im Gebrauch

In usum delphini: Zum Gebrauch des Kronprinzen

In utero: Im Mutterleib

Inutile terrae pondus: Die Taugenichtse

Inveni portum, spes et fortuna valete; sat me lusisti, ludite nunc alios!: Ich habe den Hafen gefunden. Hoffnung und Glück lebt wohl. Genug habt ihr mit mir gespielt, spielt jetzt mit anderen!

Invenit interdum caeca columba pisum: Zuweilen findet auch eine blinde Taube eine Erbse

In verba magistri iurare: Auf die Worte des Herrn schwören

In verbo: Im Wort

Invidia gloriae comes: Neider ist der Begleiter des Ruhms

Invidia immortale peccatum: Neid ist ein ewiges Laster

Invidia inter pares: Neid herrscht immer unter Gleichen

Invidus acer obit, sed livor morte carebit: Ein schlimmer Neidhammel ist gestorben, aber die Missgunst lebt weiter

Invidus alterius macrescit rebus opimis: Der Neidische nimmt ab, wenn er die guten Verhältnisse seines Nachbarn sieht

Invidus a propria roditur invidia: Neid frisst seinen eigenen Herrn

In via: Auf dem Weg

In vino veritas: Im Wein ist Wahrheit

Invitat culpam, qui peccatum praeterit: Es lockt die Schuld, wer die Sünde außer acht lässt

Invite data non sunt: Ungern dargebracht keine Freude macht

In vitium ducit culpae fuga: Die Flucht vor der Schuld führt ins Verbrechens

Ioci instar ovium, non instar canum mordere debent: Scherze pflegen wie Schafe, nicht wie Hunde zu beißen

Iocus dum optimus cessandum: Wenn der Spaß am besten ist, soll man aufhören

Iovis omnia plena: Alles ist von Jupiter erfüllt

Ipsa olera olla legit: Der Topf sucht sich selbt die Kräuter

Ipsa quidem virtus sibimet pulcherrima merces: Die Tugend selbst ist sich der schönste Lohn

Ipse dixit: Er hat es selbst gesagt

Ipse fecit: Er hat es selbst gemacht

Ipse Iupiter, neque pluens omnibus placet, neque abstinens: Selbst Jupiter gefällt nicht allen, wenn er es regnen lässt oder damit aufhört

Ipse semet canit: Eigenlob

Ipsissima verba: Die ureigensten Worte

Ipso facto: Durch die Tat selbst

Ipso iure: Durch das Recht selbst

I.q. (idem quod): Dasselbe wiederholt

Ira furor brevis est: Der Zorn ist eine kurze Raserei

Ira initium insaniae: Zorn ist der Anfang des Wahnsinns

Iracundiam qui vincit, hostem superat maximum: Wer den Zorn besiegt, überwindet den größten Feind

Ire docetur eundo: Gehen lernt man durch Gehen

Is cadet ante senem, qui sapit ante diem: Kluge Kinder werden selten alt

Is fecit, cui prodest: Wem es nützt, der hat es auch getan

Is pater est, quem nuptiae demonstrant: Der ist der Vater, den die Ehe dazu ausweist

Ita lex scripta est: So lautet das Gesetz

Ita voluerunt, ita factum est: Wie sie es gewollt haben, ist es geschehen

Ite, contio missa est: Gehet, die Versammlung (Messe) ist beendet

Itio in partes: Trennung einer Körperschaft in Parteien

Iubilate Deo!: Singet dem Herrn!

Iucunda est memoria praeteritorum malorum: Angenehm ist die Erinnerung an vergangene Leiden

Iucunda rerum vicissitudo: Wechsel erfreut

Iucundi acti labores: Angenehm sind erledigte Arbeiten

Iudex damnatur, cum nocens absolvitur: Der Richter wird verurteilt, wenn der Schuldige freigesprochen wird

Iudicis et innocentiae subvenire: Pflicht eines Richters ist es, der Unschuld zur Hilfe zu kommen

Iucundissima navigatio iuxta terram, ambulatio iuxta mare: Neben dem Schiff ist gut schwimmen

Iudicium dei: Gottesurteil

Iugulares mortuos: Die Toten niedermachen

Iuncta iuvent: Dinge miteinander zu verbinden ist nützlich

Iungere dextras: Die Rechte geben

Iupiter est quodcumque vides, quodcumque moveris: Jupiter ist, wohin du siehst und dich bewegst

Iupiter tonans: Der donnernde Jupiter

Iurae in verba magistri: Ohne Vorbehalt die Meinung des Meisters übernehmen

Iuravi linqua, mentem iniuratam gero: Was die Zunge sagt, weiß nicht das Herz

Iure divino: Nach göttlichem Recht

Iure humano: Nach menschlichem Recht

Iure repraesentationis: Durch das Recht der Vertretung

Ius civile neque inflecti gratia, neque perfringi potentia, neque adulterari pecunia debet: Das bürgerliche Recht darf weder durch Begünstigung gebeugt, noch durch Macht zerbrochen, noch durch Geld verfälscht werden

Ius divinum: Das göttliche Recht

Ius gentium: Das Völkerrecht

Ius humanum: Das menschliche Recht

Ius primae noctis: Das Recht der ersten Nacht (Hochzeitsnacht)

Ius primigeniturae: Das Recht der Erstgeburt

Ius proprietatis: Das Eigentumsrecht

Ius regium: Das königliche Recht

Ius summum saepe summa malitia est: Das höchste Recht ist oft das größte Unrecht

Iustitia erga Deum religio dicitur; erga parentes pietas: Gerechtigkeit gegen Gott wird Religion genannt, gegen die Eltern Ehrfurcht

Iustitia nihil expetit praemii: Gerechtigkeit erwartet keine Belohnung

Iuventus pigra senem mendicum creat: Junger Schlemmer, alter Bettler

Iuventus ventus: Jugend hat keine Tugendhaft

Iuxta fluvium puteum fodit: In der Nähe eines Flusses gräbt er einen Brunnen (unnötige Arbeit)

Iuxta plasma solet esse locatio: Jeder hat genug mit sich selbst zu tun

L

Labitur occulte fallitque volubilis aetas: Verborgen vergeht und täuscht uns das schnelle Alter

Laborare est orare: Wer arbeitet, betet

Labor omnia vincit improbus: Gewaltige Arbeit überwindet alles

Laboribus vendunt dei nobis omnia bona: Die Götter verlangen als Gegenleistung für alle guten Dinge die Arbeit

Laborum dulce levamen: Der Mühen süße Linderung

Labra mihi non linis: Du täuschst mich nicht

Labyrintho inclusus: Eingeschlossen im Irrgang

Lacrimas serendo, gaudia longa metem: Wenn ich mit Tränen säe, werde ich mit Freuden ernten

Lacte infantiae derelicto cibi alimenta suscipiunt: Sie nehmen festere Nahrung als Muttermilch ein

Laesa saepius repugnat ovis: Auch ein Schaf, wenn es öfters verletzt wird, wehrt sich

Laeso doloris remedium inimici est dolor: Der Schmerz des Verletzten wird durch den Schmerz des Feindes geheilt

Laeso sed invicto militi!: Dem verwundeten, aber nicht überwundenen Soldaten!

Laetitiae proximus fletus: Auf Lachen folgt Weinen

Laetus sorte tua vives sapienter: Deines Lobes froh wirst du weise leben

Lanam petierat, ipseque tonsus abiit: Wer Wolle gesucht hat, kommt oft geschoren nach Hause zurück

Lapidemque e sepulcro venerari pro deo: Den Grabstein wie einen Gott verehren (Die Verdienste des Verstorbenen überschätzen)

Lapis philosphorum: Der Stein der Weisen

Lapsus calami: Ein Schreibfehler

Lapsus linguae: Ein Sprachfehler

Lapsus semel fit culpa, si iterum cecideris: Beim zweiten Fehltritt lädt man Schuld auf sich

Laqueum tibi impegit, quem nec solvere possis nec erumpere: Du bekommst einen Strick umgelegt, den du weder lösen noch zerreißen kannst

Laqueos alicui obtendere: Einem Fallen stellen

Lascivia et laus numquam habent concordiam: Unzucht und Ehre passen nicht zusammen

Late ignis lucere, ut nihil urat, non potest: Ein Feuer kann nicht weit leuchten, ohne das es etwas verbrennt

Laterem lavas: Du wäschst einen Ziegel (Du zerstörst etwas)

Latet anguis in herba: Das Verderben lauert im Verborgenen

Latine loqui: Latein sprechen

Latrans annosus foris aspice quaeso: Wenn ein alter Hund bellt, soll man nachsehen

Laudator temporis acti: Ein Lobredner vergangener Zeitverschwendung

Laudatur ab his, culpatur ab illis: Von denen wird er gelobt, von diesen aber beschuldigt

Laudat venales, qui vult extrudere merces: Wer den Preis in die Höhe treiben will, lobt die Ware

Laureum baculo gesto: Ich trage einen Lorbeerstock (Ich bin geschützt)

Laus Deo!: Gelobt sei Gott!

Laus in proprio ore sordescit: Eigenlob stinkt

Laus nova nisi oritur, etiam vetus amittitur: Wenn kein neuer Ruhm entsteht, vergeht auch der alte

l.c. (loco citato): An der angeführten Stelle

Legatus nec cogitur nec violatur: Auf einen Gesandten wird weder Zwang noch Gewalt ausgeübt

Lege artis: Durch das Gesetz der Kunst

Lege totum, si vis scire totum!: Lies alles, wenn du alles wissen willst!

Legem nocens veretur, fortunam innocens: Schuld fürchtet das Gesetz, Unschuld das Schicksal

Legem oblivisci solita est iracundia: Der Zorn vergisst gewöhnlich das Gesetz

Legere et non intellegere, neglegere est: Lesen ohne Verstand ist eine Schande

Lector benevole!: Geneigter Leser!

Legali modo: Auf gesetzliche Weise

Legatus a latere: Ein päpstlicher Gesandter

Leges bello silere coactae: Im Krieg müssen die Gesetze schweigen

Leges bonae ex moribus malis procreantur: Schlimme Sitten bringen gute Gesetze hervor

Lento enim gradu ad vindictam sui divina procedit ira: Langsam geht Gottes Rache

Leonem larva terres: Den Löwen erschreckst du mit deiner Maske

Leonina societas: Löwengesellschaft

Leonis catulum ne alas!: Zieh keinen Löwenjungen groß!

Leporis vitam vivit: Er führt das Leben eines Hasen

Lepus solo natali gaudet et libentius nullibi vivit, quam ubi natus est: Der Hase fühlt sich am wohlsten dort, wo er geworfen ist

Lepus tute es, pulpamentum quaeris?: Du bist noch ein Hase (Knabe). Schon suchst du Leckerbissen?

Leves homines futuri sunt improvidi: Leichtsinnige Menschen kümmern sich nicht um die Zukunft

Levis adhuc puer est, levis autem sermo puellae: Glatt ist noch der Knabe, leicht aber die Rede des Mädchens

Levis est fortuna cito reposcit, quod dedit: Wankelmütig ist das Schicksal schnell fordert es das zurück, was es geschenkt hat

Lex dura, sed lex: Ein hartes Gesetz, aber Gesetz!

Lex est aranea tela: Ein Gesetz ist wie eine Spinnengewebe

Lex et regio: Gesetz und Land

Lex neminem cogit ad impossibilia: Das Gesetz zwingt niemanden zu etwas Unmöglichem

Lex naturae: Naturgesetz

Lex prospicit, non respicit: Das Gesetz blickt voraus, nicht zurück

Lex scripta: Das geschriebene Gesetz

Lex terrae: Das Landesgesetz

Lex universa est, quae iubet nasci et mori: Weltgesetz ist das, welches geboren werden und sterben heißt

Lex videt iratum, iratus legem non videt: Das Gesetz sieht den Zornigen, aber der Zornige nicht das Gesetz

Libertas est potestas faciendi id quod iure licet: Freiheit ist die Macht, das zu tun, was nach dem Recht erlaubt ist.

Libertas fulvo pretiosior auro: Freiheit ist wertvoller als gelbes Gold

Liberum arbitrium: Der freie Wille

Libido cunctos etiam sub vultu domat: Die Begierde zwingt allen auch unbemerkt ihren Willen auf

Libido effrenata effrenatam appetentiam efficit: Zügellose Lust erzeugt zügellose Begierde

Libido, non iudicium est, quod levitas sapit: Der Leichtsinn kennt nur die Lust, aber nicht die Einsicht

Licentia poetica: Dichterische Freiheit

Licentiam des linguae, cum verum petas!: Lass deiner Zunge freien Lauf, wenn du die Wahrheit suchst!

Licet: Es ist erlaubt

Lineis excidistis: Du hast die Grenzen überschritten

Lingua mali pars pessima servi: Die Zunge ist der schlechteste Teil eines schlechten Dieners

Lingua sile; non est ultra narrabile quicquam!: Zunge schweig! Weiter gibt es da nichts zu erzählen!

Linguam compescere, virtus non minima est: Die Zunge zu zähmen ist eine sehr große Tugend

Linguenda tellus et domus et placens uxor: Verlassen musst du die Erde, dein Haus und die zärtliche Gattin

Lis litem generat: Streit erzeugt Streit

Littera enim occidit, spiritus autem vivificat: Der Buchstabe tötet, aber der Geist macht lebendig

Littera non erubescit: Ein Buchstabe errötet nicht

Littera scripta manet: Der geschriebene Buchstabe bleibt

Litterae humaniores: Humanwissenschaften

Litterae thesaurum est et artificium numquam moritur: Wissen ist ein Schatz und die Kunst vergeht niemals

Litterarum radices amaras, fructus dulces: Arbeit hat bittere Wurzeln, aber süße Früchte

Litteris et artibus: In Wissenschaften und Künsten

Litus ama, altum alii teneant!: Liebe das Ufer, die Höhe mögen andere halten

Locis remotis qui latet, lex est sibi: In der Einsamkeit gibt man sich selbst die Gesetze

Loco ignominiae est apud indignum dignitas: Bei einem Ehrlosen hat die Würde den Rang einer Schande

Locum tenens: Stellvertreter

Locus minoris resistentiae: Die Stelle des geringeren Widerstandes

Locus standi: Gesichtspunkt

Longe absit!: Das sei fern!

Longinquitas redargui non potest: Willst du lügen, lüg' von fern!

Longinquum est omne, quod cupiditas flagitat: Weit weg ist alles, was die Begierde fordert

Longo sed proximus intervallo: Nach langem Zwischenraum

Longum iter est per praecepta, breve et efficax per exempla: Lang ist der Weg durch Vorschriften, kurz und wirksam durch Beispiele

Loquentiae multum sapientiae parum: Viel Geschwätz, aber wenig Sinnvolles

Loripedem rectus deridet: Der aufrecht Gehende verspottet den Schlappfüßigen

Lotis manibus: Mit gewaschenen Händen

Lubrici sunt fortunae gressus: Schlüpfrig sind die Wege des Glücks

Luce clarior: Heller als Licht

Lucem odit, qui male agit: Der Übeltäter fürchtet das Licht

Lucet. Eamus, quo ducit gula!: Es tagt; lasst uns gehen, wohin die Kehle führt!

Lucri bonus est odor ex re qualibet: Geld stinkt nicht

Lucri causa: Des Gewinns wegen

Lucrificare forum solet adventus fatuorum: Die Händler machen Gewinn, wenn die Narren auf den Markt kommen

Lucrum est dolorem posse damno exstinguere: Es ist ein Gewinn einen Schmerz mit einem Schaden auslöschen zu können

Lucrum sine damno alterius fieri non potest: Des einen Glück, des anderen Unglück

Lucrum unius est alterius damnum: Des einen Gewinn ist des anderen Verlust

Ludit in humanis divina potentia rebus: In den menschlichen Dingen treibt die göttliche Macht ihr Spiel

Ludo sive ioco vir verum fert aliquando: Im Spiel und im Spott sagt man manchmal die Wahrheit

Lumen soli mutuum das: Leihweise gibst du der Sonne Licht (Etwas erklären, was keiner Erklärung bedarf)

Luna tuta a lupis: Der Mond kümmert sich nicht um die Wölfe

Lupo agnum eripere: Etwas Gefährliches tun

Lupum auribus tenere: Einen Wolf bei den Ohren halten

Lupus apud oves custodem relinquere: Den Bock zum Gärtner machen

Lupus homo homini est: Ein Mensch ist des anderen Teufel

Lupus in fabula: Der Wolf in der Fabel (Wenn man vom Wolf (Teufel) spricht, ist er nicht weit)

Lupus non curat numerum: Der Wolf kümmert sich nicht um die Zahl

Lupus oves etiam numeratas devorat: Der Wolf verschlingt auch gezählte Schafe

Lupus pilum mutat, non mentem: Der Wolf wechselt sein Fell, nicht seinen Charakter

Luscus caeco praefertur; sic undique fertur: Der Einäugige wird dem Blinden vorgezogen; so sagt man überall

Lustrum: Ein Zeitraum von fünf Jahren

Lusus ingenii: Denkspiel

Lusus naturae: Naturspiel

M

Macte animo: Gut bei Verstand!

Macte virtute: Mein Glückwunsch für deine Tüchtigkeit

Mage fidus heres nascitur quam scribitur: Zuverlässiger ist ein leiblicher Erbe als ein durch Testament eingesetzter

Mage valet quis nescit, quod valet calamitas: Standhafter ist, wer die Stärke eines Unheils nicht kennt

Magis mutus quam piscis: Stummer als ein Fisch

Magister alius casus: Ein anderer Lehrer ist der Zufall

Magister artium liberalium: Lehrer der freien Künste

Magni nominis umbra: Der Schatten eines großen Namens

Magnum secum adfert crimen indignatio: Entrüstung vergrößert einen Vorwurf

Magnum vectigal parsimonia: Ein großes Einkommen ist die Sparsamkeit

Maior e longinquo reverentia: Größer ist die Ehrfurcht aus der Ferne

Mala causa est, quae requirit misericordiam: Eine schlechte Sache ist die, die sich des Mitleids bedient

Mala est inopia ex copia nascitur: Schlimm ist eine Not, die aus einem Übermaß entsteht

Mala est medicina, ubi aliquid naturae perit: Schlecht ist eine Medizin, wenn sie die Natur zerstört

Mala est voluntas ad alienum consuescere: Der Wunsch, Fremdes zu übernehmen ist schlecht

Mala fides: Unaufrichtigkeit

Mala gallina, malum ovum: Schlechtes Huhn, schlechtes Ei

Mala hostibus eveniant!: Das Schlechte soll die Feinde treffen!

Mala mali mala contulit omnia mundo; causa mali tanti femina sola fuit: Der Kinnbacken des Bösen brachte mit dem Apfel der Welt alles Böse; die Ursache eines so großen Übels war allein die Frau

Mala mens, malus animus: Schlechtes Herz, schlechte Gesinnung

Mala mors necessitatis contumelia est: Ein schlimmer Tod ist ein Vorwurf gegen die Notwendigkeit

Mala ultro adsunt: Ein Unglück kommt von selbst

Malae naturae numquam doctore indigent: Böse Menschen haben Lehrer nicht nötig

Malam rem, cum velis honestare, improbes: Wenn du einer schlechten Sache Ehre erweisen willst, dann missachte sie

Maledictum interpretando facias acrius: Ein hartes Wort wird durch Erläuterung noch schärfer

Male facere qui vult, numquam non causam invenit: Wer schlecht handeln will, findet immer einen Grund

Male geritur, quidquid geritur fortunae fide: Wer auf das Glück vertraut, handelt schlecht

Male imperando summum imperium amittitur: Schlechte Herrschaft verliert ihre Macht

Male mulcare aliquem: Einen windelweich schlagen

Male parta, male disperit: Wie gewonnen, so zerronnen

Male secum agit aeger, medicum qui heredem facit: Falsch handelt ein Kranker, wenn er den Arzt zum Erben einsetzt

Male vincit is, quem paenitet victoria: Einem schlechten Sieger reut der Sieg

Male vivunt, qui semper victuros putant: Falsch lebt, wer ein ewiges Leben erwartet

Male parta male dilabuntur: Was auf schlechte Weise erworben wurde, zerrinnt auch so

Maleum sapientiorem vidi excusso manubrio: Ich sah einen, der war gescheiter als ein Hammer ohne Stiel (völlig unbrauchbar)

Mali corvi malum ovum: Das schlechte Ei eines schlechten Raben

Mali principii malus finis: Das Ende eines langen Anfangs ist schlecht

Malis avibus: Mit schlimmen Vorzeichen

Malitia unius cito fit maledictum omnium: Durch die Bosheit eines Menschen kommen alle in Verruf

Malitia, ut peior veniat, se simulat bonam: Damit das Böse noch stärker werden kann, gibt es vor das Gute zu sein

Malivolus animus abditos dentes habet: Der Feind hat verborgene Zähne

Malivolus semper sua natura vescitur: Der Böse findet immer Kraft in seiner eigenen Natur

Malo accepto stultus sapit: Durch erlittenen Schaden wird der Narr weise

Malo cum Platone errare, quam cum aliis recte sentire: Ich will lieber mit Platon irren als mit einem anderen Philosophen richtig urteilen

Malo etiam parcas, si una est periturus bonus!: Verschone den Bösewicht, wenn ein Guter mit ihm untergehen würde

Malo in consilio feminae vincunt viros: Die Frauen haben mehr Arglist als die Männer

Malo nodo malus quaerendus cuneus: Auf einen groben Klotz gehört ein grober Keil

Malum est consilum, quod mutari non potest: Untauglich ist ein Plan, den man nicht verändern kann

Malum in se: Ein Übel an sich

Malum necessarium: Notwendiges Übel

Malum ne alienum feceris tuum gaudium!: Fremdes Leid soll dich nicht erfreuen!

Malum nullum est sine aliquo bono: Kein Übel ist ohne etwas Gutes

Malum vas non frangitur: Ein schlechtes Gefäß zerbricht nicht

Malus animus in secreto peius cogitat: Ein schlechtes Herz denkt im Verborgenen noch schlechter

Malus bonum ad se numquam consilium refert: Niemals macht sich ein Bösewicht einen guten Rat zu eigen

Malus est vocandus, qui sua est causa bonus:
Ein Bösewicht ist, wer nur gut ist, um einen Vorteil zu bekommen

Malus etsi obesse non pote, tamen cogitat: Auch wenn ein Böser nicht schaden kann, denkt er dennoch daran

Malus quicumque in poena est, praesidium est bonis: Die Bestrafung eines Bösen schützt die Guten

Malus bonum, ubi se simulat, tunc est pessimus: Auch wenn der Bösewicht etwas Gutes vorheuchelt, ist er ein sehr schlechter Mensch

Mandamus: Wir beauftragen

Mandatum speciale: Sonderauftrag

Mane igitur montes, sub serum inquirito fontes: Morgens auf die Berge, abends ans Wasser

Manet alta mente repostum
Es haftet in der Erinnerung

Manifesta causa secum habet sententiam
Was augenscheinlich ist, muss man nicht erläutern

Mansueta tutiora sunt, sed serviunt: Wer nur Ruhe und Sicherheit will, wird zum Sklaven

Manu forti: Mit tapferer Hand

Manum de tabula!: Die Hand vom Gemälde!

Manus mortua: Die tote Hand (Kirchengut)

m.p. (manu propria): Eigenhändig

Manu scriptum: Handschrift

Manus manum fricat, et manus manum lavat: Eine Hand reibt die andere und eine Hand wäscht die andere

Mappa missa: Ohne Umschweife

Mare apertum: Offene See

Mare clausum: Das verschlossene Meer

Mare interbibere: Das Meer austrinken

Maria montesque polliceri: Meere und Berge versprechen

Marte, non arte: Durch Kampf, nicht durch List

Mater artium necessitas: Die Mutter der Künste ist die Notwendigkeit

Mater dolorosa: Die schmerzensreiche Mutter

Materia peccans: Das sündige Fleisch

Materiem superabat opus: Den Stoff überwand die Mühe

Matrem timidi flere non solere: Wer flieht, den muss seine Mutter nicht beweinen

Mature fias senex, si diu velis esse senex: Frühzeitig werde ein Greis, wenn du lange ein Greis sein willst

Maxima debetur pueris reverentia: Man muss vor den Kindern zurückhaltend sein

Maximo periculo custoditur, quod multis placet: Was vielen gefällt, muss man mit den größten Gefahren bewachen

Maximus in minimis: Groß im Kleinen

Mea culpa: Durch meine Schuld

Mea parvitas: Meine Wenigkeit

Mea virtute me involvo: Ich zeige meine Tüchtigkeit

Medice, cura te ipsum!: Arzt, heile dich selbst!

Medicina calamitatis est aequanimitas: Die beste Medizin im Unglück ist die Gelassenheit

Medicinam sororem philosophiae: Die Medizin ist die Schwester der Philosophie

Medicus curat, natura sanat: Der Arzt hilft, die Natur heilt

Medio tutissimus ibis: Folge dem goldenen Mittelweg!

Mediocritas est inter nimium et parum: Die goldene Mitte liegt zwischen dem Zuviel und Zuwenig

Medium aequm: Mittelalter

Medium tenuere beati: Die Glücklichen haben die goldenen Mitte bewahrt

Mel in ore, verba lactis, fel in corde, fraus in factis: Honig im Mund, Worte von Milch, Galle im Herzen, Täuschung bei den Taten

Melior est conditio possidentis: Besser ist die Lage des Besitzenden

Melioribus annis: In den besseren Jahren

Melius est canis vivus leone mortuo: Besser ein lebender Hund als ein toter Löwe

Memento mori!: Denk daran, du musst sterben!

Memorabilia: Erinnerungswerte Ereignisse

Memoria in aeterna: Zum ewigen Gedächtnis

Mendacem memorem esse oportet: Ein Lügner muss ein gutes Gedächtnis haben

Mendaci homini ne verum quidem dicenti credere solemus: Einem Lügner trauen wir nicht, selbst wenn er die Wahrheit sagt

Mendacia non diu fallunt: Lügen haben kurze Beine

Mendico ne parentes quidem amici sunt: Dem Bettler sind nicht einmal die Eltern freundlich gesonnen

Mens agitat molem: Der Geist bewegt die Masse

Mens bona regnum possidet: Ein guter Verstand besitzt ein Reich

Mens conscia recti: Ein des Guten bewusster Geist

Mens invicta manet: Der Geist bleibt unbesiegt

Mens sana in corpore sano: Ein gesunder Geist in einem gesunden Körper

Mens vertitur cum fortuna: Das Denken und fühlen verändert sich mit dem Vermögen

Mense malas Maio nubère vulgus ait: Im Mai heiraten die Huren und Buben

Meo mucrone me vulnerans: Sich ins eigene Fleisch schneiden

Meo sum pauper in aere: Ich bin zwar arm, aber ich habe keine Schulden

Merces virtutis laus est: Der Lohn der Tugend ist das Lob

Meretrix instrumentum contumeliae: Die Hure ist ein Mittel der Schande

Mero iure: Nach reinem Recht

Merx ultronea putet: Geschenkte Ware stinkt

Messes uris tuas?: Warum schädigst du dich in deinem eigenen Vorteil

Metiri se quemque suo modulo: Jeder messe sich mit seiner Elle

Metuendum est semper, esse cum tutus velis: Man muss sich immer vorsehen, wenn man sicher leben will

Metus cum venit, rarum habet somnus locum: Wenn Angst herrscht, findet man nur selten Schlaf

Metus improbos compescit, non dementia: Furcht, nicht Sorglosigkeit bezwingt schlechte Menschen

Metus respicere non solet, quidquid iuvat: Was hilft, sieht man in der Furcht nicht

Mihi istic nec seritur nec metitur: Ich habe keinen Vorteil hierbei

Militat omnis amans: Jeder Liebhaber ist ein Soldat

Mille modi Veneris: Die unzähligen Wege der Liebe

Milvo volanti poterat ungues resecare: Er konnte einem fliegenden Raubvogel die Krallen abschneiden (Er war sehr geschickt)

Minimum eripit fortuna, cui minimum dedit: Wem das Schicksal sehr wenig gab, dem kann es auch nur wenig wegnehmen

Minus decipitur, cui negatur celeriter: Weniger wird der enttäuscht, dem man schnell einen Wunsch abschlägt

Minus est quam servus dominus, qui servos timet: Unter einem Sklaven steht der Herr, der sich vor Sklaven fürchtet

Minus saepe pecces, si scias, quid nescias: Weniger oft macht man Fehler, wenn man weiß, was man nicht weiß

Minutiae: Kleinliche Dinge

Mirabile dictu: Wunderbar zu sagen

Miscere iocis seria: Spaß mit Ernst vermischen

Misce stultitiam consiliis brevem!: Schiebe in deine Pläne auch kurze Torheiten ein!

Miscuit utile dulci: Er vermischt das Nützliche mit dem Angenehmen

Misera est voluptas, ubi periculi memoria est: Jämmerlich ist das Vergnügen, wenn man dabei an die damit verbundene Gefahr denkt

Miro modo: Auf wunderbare Weise

Misera contribuens plebs: Das elende steuerzahlende Volk

Misera est magni custodia census: Armut ist der Wächter eines großen Vermögens

Misera mors sapienti non potest accidere: Ein elender Tod kann dem Weisen nicht widerfahren

Misericordias Domini: Die Barmherzigkeit des Herrn

Misericors civis patriae est consolatio: Ein mitleidiger Bürger ist der Trost der Heimat

Miseris succurrere disco: Ich lerne den Armen zu Hilfe zu kommen

Miseris venit sollertia rebus: Not macht erfinderisch

Miserrima est fortuna, quae inimico caret: Glück ohne Feind ist schlimmes Elend

Miserrimum est arbitrio alterius vivere: Vom Willen eines anderen abhängig zu sein ist ein sehr elendes Leben

Miserum est sine periculo nescire vivere: Elend ist ein Leben mit Gefahren

Miserum est tacere cogi, quod cupias loqui: Schlimm ist es schweigen zu müssen, obwohl man etwas sagen möchte

Mixtum compositum: Eine zusammengesetzte Mischung

Mobilitate viget fama viresque acquirit eundo: Das Gerücht blüht durch Beweglichkeit und bekommt Kräfte durch das Verbreiten

Moderamen inculpatae tutelae: Die Milderung unverschuldeter Notwehr

Moderata durant: Das Gemäßigte ist dauerhaft

Modica castigatio: Eine mäßige Züchtigung

Modice: Mäßig

Modo sic, modo sic: Bald so, bald so

Modus omnibus in rebus optimum est habitu: In allen Dingen Maß zu halten ist das Beste

Modus operandi: Die Art des Wirkens

Modus procedendi: Die Art des Vorgehens

Modus vivendi: Die Art des Zusammenlebens

Mola tantum salsa litant, qui non habent tura: Ein Schelm gibt mehr, als er hat

Molestus interpellator venter: Der Magen ist ein lästiger Störenfried

Mollia tempora fandi: Die günstigen Zeiten zu sprechen

Monere, non punire stultitiam decet: Dummheit muss man belehren, aber nicht bestrafen

Monitoribus asper: Den Mahnern lästig

Montes auri polliceri: Goldene Berge versprechen

Monumentum aere perennius: Ein Denkmal dauernder als Erz

Mora cogitationis diligentia est: Sorgfalt besteht in ruhigem Nachdenken

Mora omnis odio est, sed facit sapientiam: Verzögerung ist verhasst, doch sie macht klug

Mora trahit periculum: Verzug bringt Gefahr

Moram esse meliorem: Gut Ding will Weile haben

More consueto: In gebräuchlicher Weise

More geometrico: Nach der mathematischen Methode

More maiorum: Nach Sitte der Vorfahren

Mori est felicis, antequam mortem invocet: Es ist ein Geschenk des Schicksals zu sterben, bevor man den Tod herbeiruft

Mori necesse est, sed non quotiens volueris: Man muss zwar sterben, aber nicht so oft, wie man es will

Morituri te salutant!: Die Totgeweihten grüßen dich!

Mors et vita in manibus linguae: Tod und Leben in den Händen der Zunge

Mors infanti felix, iuveni acerba, nimis sera seni: Der Tod ist für das Kind ein Glück, für den Jüngling etwas Bitteres und für den Greis kommt er zu spät

Mors omnibus communis: Alle müssen sterben

Mors quemque manet: Auf jeden wartet der Tod

Mortem ubi contemnas, viceris omnes metus: Todesverachtung besiegt die Todesfurcht

Mortua manus: Die tote Hand (Kirchenbesitz)

Mortuo qui mittit munus, nil dat illi, adimit sibi: Eine Totengabe gibt dem Toten nichts, sondern nimmt nur dem Spender etwas weg

Mortui non mordent: Die Toten beißen nicht

Mortuo leoni et lepores insultant: Den toten Löwen beleidigen selbst die Hasen

Mos regem regit: Die Sitte beherrscht das Gesetz

Mos pro lege: Sitte wie Gesetz

Motu proprio: Aus eigenem Antrieb

Mulgere hircum: Einen Bock melken

Muliebris lacrima condimentum est malitiae: Tränen der Frauen sind das Gewürz ihrer Bosheit

Mulier cum sola cogitat, male cogitat: Eine Frau, die alleine überlegt, denkt nur böse

Mulier, quae multis nubit, multis non placet: Eine mehrfach verheiratete Frau hat vielen Männern missfallen

Mulier recte olet, ubi nihil olet: Eine nicht parfümierte Frau duftet am besten

Mulier taceat in ecclesia: Die Frau soll in der Kirche schweigen

Mulieri, ne mortuae quidem, credendum est: Nicht einmal einer toten Frau darf man Glauben schenken

Mulo inscitior: Dümmer als ein Esel

Multa ante temptes, quam virum invenias bonum: Du findest einen rechtschaffenden Mann, wenn du viele Versuche gemacht hast

Multa cadunt inter calicem supremaque labra: Vieles passiert zwischen dem Kelch und der äußeren Lippe

Multa docet fames: Vieles lehrt der Hunger

Multa ignoscendo fit potens potentior: Wenn ein Mächtiger viel verzeiht, wird er noch mächtiger

Multa nocent: Zu viel schadet

Multa paucis: Viel mit wenigem

Multi adorantur in ara, qui cremantur in igne:
Viele werden auf dem Altar angebetet, die im Feuer (Fegefeuer) brennen

Multi sunt invitati, sed pauci eximii: Viele sind berufen, aber wenige auserwählt

Multis ictibus deicitur quercus: Durch viele Hiebe wird die Eiche gefällt

Multis ille bonis flebilis occidit, nulli flebilior quam tibi: Von vielen guten Menschen wurde jener beweint, als er starb, aber keiner hat ihn mehr als du beweint

Multis minatur, qui uni facit iniuriam: Wer einem Unrecht tut, bedroht damit viele

Multis placere quae cupit, culpam culpit: Wenn eine Frau vielen gefallen will, gerät sie in Verruf

Multitudo canum mors est leporum: Viele Hunde sind des Hasen Tod

Multo turpius damnatur, cui in delicto ignoscitur: Um vieles schlimmer wird der verurteilt, dem man bei der Tat verzeiht

Multorum annorum opus: Das Werk vieler Jahre

Multorum calamitate vir moritur bonus: Wenn ein guter Mensch stirbt, ist dies ein Unglück für viele

Multos timere debet, quem multi timent: Wer von vielen gefürchtet wird, der muss auch selbst viele fürchten

Multum in parvo: Vieles in kleinem

Multum, non multa: Vieles, nicht vielerlei

Multum sapit, qui non diu desipit: Sehr weise ist, wer nicht lange Unsinn treibt

Munditiis capimur: Reinlichkeit lockt uns an

Mundus vult decipi, ergo decipiatur!: Die Welt will betrogen werden, folglich soll sie betrogen werden!

Munera homines deique capiunt: Geschenke nehmen Menschen und Götter an

Muneribus est, non lacrimis meretrix misericors: Mit Geschenken, nicht mit Tränen ziehst du eine Hure auf deine Seite

Munerum animus optimus est: Die beste Gabe ist die Absicht

Mures migraverunt: Die Ratten haben das Schiff verlassen

Mures molas lingunt: Die Mäuse lecken die Mühlsteine, alles ist blitzblank

Mus satur insipidam deiudicat esse farinam: Wenn die Maus satt ist, schmeckt das Mehl bitter

Muscam excitare non posse: Keiner Fliege etwas zuleide tun

Mutare quod non possis, ut natum est, feras!: Was du nicht ändern kannst, nimm als gegeben hin!

Mutat se bonitas irritata iniuria: Güte ändert sich, wenn sie vom Unrecht herausgefordert wird

Mutatio rerum: Die Veränderung der Dinge

Mutatis mutandis: Nach Änderung des zu ändernden

Mutum est pictura poema: Ein stummes Gedicht ist ein Gemälde

Mutuum muli scabunt: Esel kratzen sich gegenseitig

N

Nam sine vitiis nemo nascitur: Ohne Fehler wird niemand geboren

Naribus trahere: An der Nase herumführen

Nascentes morimur, finisque ab origine pendet: Indem wir geboren werden, sterben wir, und das Ende beruht auf dem Anfang

Nascuntur poetae, fiunt oratores: Als Dichter wird man geboren, zum Redner wird man gemacht

Natale solum dulce: Köstlich ist die heimische Erde

Naso suspendis adunco: Die Nase rümpfen

Nasum nidore supinor: Ich beuge den Kopf zurück, um den Duft einzuziehen

Nati melioribus annis: In besseren Zeiten geboren

Nati prudentes sunt, qui novere parentes: Weise sind die Kinder, die ihre Eltern kennen

Natura cupiditatem ingenuit homini veri videndi: Die Natur pflanzt dem Menschen das Bestreben, das Wahre sehen zu wollen, ein

Natura dedit usuram vitae tamquam pecuniae, nulla praestituta die: Die Natur gewährte den Genuss des Lebens so wie wenn man eine Geldsumme verbrauchen könnte, für deren Rückzahlung kein Termin festgesetzt ist

Natura deorum: Die Natur der Götter

Naturae sequitur semina quisque suae: Niemand kann über seinen Schatten springen

Natura expellas furca; tamen usque recurret: Magst du auch die Natur mit einer Gabel ausbreiten, sie wird stets wiederkehren

Natura hominum: Die Natur der Menschen

Naturalia non sunt turpia: Natürliche Dinge sind nicht schimpflich

Natura naturans: Die bildende Natur

Natura naturata: Gebildete Natur

Natura non dat virtutem; nascimur quidem ad hoc, sed sine hoc: Die Natur gibt nicht die Tugend; wir werden zwar dazu geboren, aber ohne dieses

Natura non facit saltus: Die Natur macht keine Sprünge

Natura omnes homines aequales genuit: Von Natur aus sind alle Menschen gleich

Natura plus trahit quam septem boves: Die Natur zieht stärker als sieben Ochsen

Natura rerum humana arte non vincitur: Die Natur der Dinge wird nicht von der menschlichen Wissenschaft überwunden

n.b. (nota bene): Merk wohl!

Ne bis in idem: Nicht zweimal gegen dasselbe

Naufragia ex terris intueri: Vom Lande her dem Schiffbruch zusehen

Navem perforat, in qua ipse navigat: Er sägt den Ast ab, auf dem er sitzt

Navigandum est pro ventis flatibus: Statt mit Wind muss man mit einem Lufthauch segeln

Navita de ventis, de tauris narrat arator, enumerat miles vulnera, pastor aves: Jeder spricht von seinem Beruf

Nec aspera terrent: Auch Schwierigkeiten schrecken nicht

Nec caput nec pedes: Weder Kopf noch Füße

Nec cui de te plus quam tibi credas: Und traue niemanden mehr als dir, was deine Person anbelangt

Nec domui dominus, sed domino domus honestanda est: Dem Haus kommt es nicht zu den Herren, sondern dem Herren, das Haus in Ehren zu halten

Necesse est cum insanientibus furere, nisi solus relinqueris: Du musst mit den Wahnsinnigen toben, wenn du nicht allein gelassen werden willst (Mit den Wölfen heulen)

Necessitas ante rationem: Not kennt kein Gebot

Necessitas est lex temporis et loci: Die Notwendigkeit ist das Gesetz der Zeit und des Ortes

Necessitas feriis caret: Die Notwendigkeit kennt keinen Feiertag

Necessitas non habet legem: Die Notwendigkeit hat kein Gesetz

Necessitatem in virtutem commutare: Aus der Not eine Tugend machen

Necessitatem ne dii quidem superant: Die Notwendigkeit können nicht einmal die Götter überwinden

Nec imbellem feroces progenerant aquilae columbam: Auch haben die wilden Adler nicht die unkriegerischen Tauben erzeugt

Nec mora nec requies: Kein Aufenthalt, keine Ruhe

Nec plus ultra: Nicht darüber hinausgehen

Nec semper feriet quodcumque minabitur arcus: Und nicht immer wird der Bogen treffen, was er bedroht

Nectare dulcius: Süßer als Honig

Ne cuivis dextram inieceris!: Gib nicht jedem gleich die Hand!

Ne depugnes in alieno negotio!: Kämpfe nicht in fremder Sache!

Ne differas in crastinum!: Verschieb nicht auf morgen!

Ne gladium tollas, mulier!: Erheb‘ nicht das Schwert, Weib!

Nego consequentiam: Ich leugne die Folgen

Negotiis par: Den Geschäften gewachsen

Ne Iupiter quidem omnibus placet: Nicht einmal Jupiter gefällt allen

Nemini dixeris, quae nolis efferi!: Was nicht bekannt werden soll, erzähl‘ niemandem!

Nemini fidas, nisi cum quo prius modium salis absumpseris: Traue niemandem außer dem, mit welchem du vorher einen Löffel Salz verzehrt hast

Nemo ante mortem beatus: Niemand ist vor dem Tod glücklich

Nemo bene imperat, nisi qui paruerit imperio: Wer befehlen will, muss erst gehorchen lernen

Nemo dat, quod non habet: Niemand gibt, was er nicht hat

Nemo errat uni sibi, sed dementiam spargit in proximos: Niemand irrt für sich allein, sondern er verbreitet den Unsinn unter seinen Bekannten

Nemo est ab omni parte beatus: Niemand ist in jeder Hinsicht glücklich

Nemo ita pauper vivit, quam pauper natus est: Niemand lebt so arm, wie er geboren ist

Nemo laeditur, nisi a se ipso: Niemand wird beleidigt, außer von sich selbst

Nemo malus felix, minime corruptor: Kein Bösewicht ist glücklich, am wenigsten der Verführer

Nemo mortalium omnibus horis sapit: Kein Mensch ist in allen Stunden weise

Nemo nostrum non peccat: Jeder sündigt

Nemo potest nudo vestimenta detrahere: Keiner kann einem Nackten Kleider ausziehen

Nemo scit, ubi calceus urat, nisi qui eum portat: Niemand weiß, wo der Schuh drückt außer wer ihn trägt

Nemo simul dominis par est servire duobus: Man kann nicht zugleich zwei Herren dienen

Nemo sine crimine vivit: Niemand ist ohne Fehler

Nemo solus sapit satis: Nur durch andere wird man weise

Nemo sua sorte contentus: Niemand ist mit seinem Schicksal zufrieden

Nemo tenetur ad impossibile: Niemand ist zum Unmöglichen verpflichtet

Nemo tenetur se ipsum accusare: Niemand muss sich selbst anklagen

Ne plus ultra: Nicht darüber hinausgehen

Ne praesentem aquam effundas, priusquam aliam sis adeptus!: Gieß das Wasser nie aus, bevor du anderes Wasser erhalten hast!

Ne prius antidotum quam venenum: Nicht eher das Gegenmittel als das Gift

Ne puero gladium!: Gib dem Knaben kein Schwert!

Neque caecum ducem neque amentem consultorum: Weder einen blinden Führer noch einen verrückten Ratgeber

Neque mel neque apes: Honig ohne Bienen gibt es nicht

Neque semper arcum tendit Apollo: Apollo lacht nicht immer

Neque quid detrimenti res publica capiat, videant consules!: Der Staat soll keinen Schaden nehmen, dafür müssen die Konsuln sorgen

Ne quid nimis: Nichts zu viel

Nequissimi hominis est prodere amicum: Nur unwürdige Menschen verraten einen Freund

Nervi belli pecunia infinita: Die Stärke des Krieges sind unerschöpfliche Geldmittel

Nervis omnibus: Mit allen Kräften

Nescia mutari ad mores natura recurrit: Da die Natur unfähig ist sich zu ändern, nimmt sie ihre Zuflucht zu den Sitten

Nescis, mi fili, quantilla prudentia mundus regatur: Du weißt nicht, mein Sohn, mit welcher großen Dummheit die Welt regiert wird

Nesquis, quid serus vesper vehat: Du weißt nicht, was der späte Abend bringt

Nescit plebs ieiuna timere: Wenn das Volk hungert, verliert es die Furcht

Nescit vox missa reverti: Reden und Federn treibt der Wind weg

Ne sus Minervae: Die Sau will den Doktor belehren

Ne sutor supra crepidam: Schuster bleib‘ bei deinen Leisten

Ne tentes aut perfice!: Mach keine halbe Sachen!

Ne verba pro farina!: Keine Worte für Mehl!

Nidus testatur ibi qualis avis dominatur: Das Nest bezeugt, was für ein Vogel dort herrscht

Ni fallor: Wenn ich mich nicht irre

Nigro notanda lapillo!: Das ist ein schwarzer Tag!

Nihil a deo vacat; opus suum ipse implet: Nichts ist leer von Gott; er selbst erfüllt sein Werk

Nihil ad rem, nihil ad rhombum: Das gehört nicht hierher

Nihil agendo homines male agere discunt: Durch Nichtstun lernen die Menschen das schlechte Handeln

Nihil aliud necessarium, ut miser sis miser, quam ut te miserum credas: Um unglücklich zu sein, ist nichts anderes erforderlich, als dass du dich für unglücklich hältst

Nihil eripit fortuna, nisi quod dedit: Nichts nimmt das Schicksal weg, außer was es gegeben hat

Nihil est ab omni parte beatum: Nichts ist in jeder Hinsicht glückliche

Nihil est in intellectu, quod non prius fuerit in sensibus: Man kann nichts eher erkennen, als man es wahrgenommen hat

Nihil est veritatis luce dulcius: Nichts ist köstlicher als das Licht der Wahrheit

Nihil habenti nihil deest: Dem, der nichts hat, dem fehlt nichts

Nihil homini amico est opportuno amicius: Nichts bereitet einem Menschen mehr Freude als ein Freund zur richtigen Stunde

Nihil honestum esse potest, quod iustitia vacat: Nichts kann ehrenhaft sein, was der Gerechtigkeit entbehrt

Nihil humani a me alienum puto: Nichts Menschliches, glaube ich, ist mir fremd

Nihil interest: Kein Unterschied

Nihil probat, qui nimium probat: Nichts beweist, wer zu viel beweist

Nihil rerum humanorum sine dei numine geritur: Die menschlichen Angelegenheit sind vom Willen Gottes abhängig

Nihil scire est vita iucundissima: Unwissenheit ist ein gutes Schlummerkissen

Nihil sciri potest, ne id ipsum quidem: Nichts kann man wissen, nicht einmal dies selbst

Nihil sub sole novi: Nichts Neues unter der Sonne

Nihil tam fixum est, quod non expugnari pecunia possit: Nichts ist so befestigt, dass es durch Geld nicht erobert werden könnte

Nil admirari: Nichts zu bewundern

Nil admirari prope res est una, Numici, solaque, quae possit facere et servare beatum: Nichts zu bewundern ist fast einzig und allein die Sache, Numicius, die glücklich machen und erhalten könnte

Nil agere semper infelici est optimum: Nichts zu tun ist für einen Glücklosen das Beste

Nil aliud necessitas quam vincere: Die Notwendigkeit kennt nur den Sieg

Nil dictum, quod non dictum prius: Es ist nichts gesagt worden, was nicht schon vorher gesagt worden war

Nil tam difficile est, quod non sollertia vincat: Mit Geschicklichkeit kann man alles überwinden

Nil est miserius, quam ubi pudet,quod feceris: Nichts ist schändlicher als die Scham über die eigene Tat

Nil magis amat cupiditas, quam quod non liceat: Das Verbotene liebt die Lust am meisten

Nil non acerbum prius quam maturum fuit: Alles ist bitter, bevor es reif ist

Nil intra oleam est, nil extra in nuce duri: Das Blaue vom Himmel herunter lügen

Nil mortalibus arduum est: Nichts ist für die Menschen allzu schwer

Nil nimis: Niemals zu viel

Nil peccant oculi, si animus oculis imperat: Die Augen sündigen nicht, wenn der Verstand sie lenkt

Nil prodest, quod non laedere possit idem: Es nützt nichts, was nicht auch gleichzeitig schaden könnte

Nil similius insano quam ebrius: Ein Wahnsinniger gleicht einem Betrunkenen

Nil sine magno vita labore dedit mortalibus: Nichts gab das Leben den Menschen ohne große Arbeit

Nil sub sole novum: Neues hat die Sonne nie gesehen

Nil terra ingrato pectore peius alit: Nichts Schlechteres ernährt die Erde als ein undankbares Herz

Nil volenti difficile est: Der Mensch kann alles, was er will

Nimia cura deterit magis quam emendat: Übertriebene Sorge schadet mehr, als dass sie hilft

Nimia familiaritas parit contemptum: Zu große Vertraulichkeit ruft Verachtung hervor

Nimio celerius venit, quod molestum est, quam id quod cupide petas: Um vieles schneller tritt ein Unheil ein als die Erfüllung eines heiß ersehnten Wunsches

Nimium altercando veritas amittitur: Streit trübt die Wahrheit

Nimium ne crede colori: Der Schein trügt

Nisi caste, saltem caute!: Wenn nicht sittsam, so doch vorsichtig !

Nitimur in vetitum semper, cupimusque negata: Wir streben immer nach dem Verbotenen und wünsche uns das Verweigerte

Nobile vindictae genus est ignoscere victo: Eine edle Art der Rache besteht darin, dem Besiegten zu verzeihen

Nobilis est ille, quem nobilitant bene villae: Den wahren Adel erkennt man an den prächtigen Landgütern

Nobis bene, nemini male: Uns zum Nutzen und niemanden zum Schaden

Nocens precatur, innocens irascitur: Der Schuldige bittet, der Unschuldige zürnt

Nocentem qui defendit, sibi crimen parit: Wer einen Schuldigen verteidigt, gerät selbst in Verdacht

Nocere casus non solet constantiae: Ein Unglücksfall bringt gewöhnlich die Standhaftigkeit nicht ins Wanken

Nocere facile est, prodesse facile: Schädigen ist einfach, nützen aber schwierig

Nocet empta dolore voluptas: Das mit Schmerz erkaufte Vergnügen schadet

Nocte latent mendae: Im Dunklen bleiben die Fehler verborgen

Nocte rubens coelum cras indicat esse serenum: Roter Himmel am Abend verkündet einen heiteren Tag

Noctuas Athenas: Eulen nach Athen tragen (Überflüssige Arbeit)

Nocumentum, documentum: Durch Schaden wird man klug

Nodus expeditur: Den gordischen Knoten lösen

Nodum in scirpo quaerere: Schwierigkeiten sehen, wo keine sind

Nolens volens: Trotz allen Widerstrebens, ohne weiteres

Noli equi dentes inspicere donati: Einem geschenkten Gaul sieht man nicht ins Maul

Noli me tangere!: Rühr‘ mich nicht an !

Noli turbare circulos meos!: Zerstöre meine Kreise nicht!

Nomen est omen: Der Name ist das Vorzeichen

Nomina sunt odiosa: Namen sind verhasst

Non aurum est, quodcumque nitet, non gemma, quod ardet: Nicht immer ist Gold, was glänzt und Edelstein, was funkelt

Non avis acupibus monstrat, qua parte petatur: Nur ein Narr legt sich selbst eine Schlinge

Non caret is, qui non desiderat: Wer keinen Wunsch hat, der entbehrt auch nicht etwas

Non cito perit ruina, qui rimam timet: Wer auf einen Riss acht gibt, fällt einem Einsturz nicht zum Opfer

Non corrigit, sed laedit, qui invitum negat: Wer jemandem gegen seinen Willen widerspricht, verbessert nicht, sondern verletzt

Non cuivis homini contigit adire Corinthum: Nicht jeder Mensch hat die Gelegenheit nach Korinth zu kommen (Üppig und ausschweifend leben)

Nondum omnium dierum so occidit: Noch ist nicht aller Tage Abend

Non entis nulla sunt praedicata: Was nicht existiert, hat auch kein Merkmal

Non erat his locus: Dazu war hier der Ort nicht

Non est ad astra mollis e terris via: Der Weg von der Erde zu den Gestirnen ist nicht bequem

Non est bonum ludere cum deis: Es ist nicht gut, mit den Göttern zu spielen

Non est census super censum salutis corporis: Keine Schätzung geht über die Schätzung der Gesundheit des Körpers

Non est, crede mihi, sapientis dicere „Vivam!" Sera nimis vita est crastina. Vive hodie!: Nicht ziemt es sich für einen Weisen, glaub' mir, zu sagen „Ich werde leben!" Zu spät ist nämlich das morgige Leben. Lebe heute!

Non est de sacco tanta farina tuo: Du schmückst dich mit fremden Federn

Non est mihi cornea fibra: Ich bin nicht dumm und gefühllos

Non facile de innocente crimen fingitur: Es ist schwierig einen Unschuldigen zu verdächtigen

Non habet commercium cum virtute voluptas: Das Vergnügen hat mit der Tugend nichts gemeinsam

Non hoc de nihilo est: Dies hat seinen Grund

Non id quod magnum est, pulchrum est, sed id quod pulchrum, magnum: Nicht das Große ist schön, sondern das Schöne ist groß

Non ignarus mali, miseris succurrere disco: Da ich das Unglück kenne, lerne ich den Armen zu helfen

Non in solo pane vivit homo: Der Mensch lebt nicht von Brot allein

Non intellegunt homines, quam magnum vectigal sit parsimonia: Die Menschen sehen nicht, ein wie großes Einkommen die Sparsamkeit ist

Non ita dis placuit: Nicht gefiel es so den Göttern

Non licet in bello bis peccare: Nicht darf man im Krieg einen Fehler wiederholen

Non liquet: Es ist nicht klar (Der Prozess ist unentschieden)

Non masticetur prius esus, quam tibi datur!: Von dem Teller soll noch nicht gegessen worden sein, ehe man dir ihn gibt!

Non me pudet fateri nescire, quod nesciam: Ich schäme mich nicht, mein Nichtwissen einzugestehen

Non multa, sed multum: Nicht viele Dinge, sondern viel soll man tun oder lernen

Non nobis solum nati sumus: Nicht für uns allein sind wir geboren

Non novit virtus calamitati cedere: Dem Unglück zu weichen kennt die Tugend nicht

Non numeranda, sed ponderanda argumenta: Die Gründe müssen nicht gezählt, sondern erwogen werden

Non oculi tacuere tui: Man konnte von deinen Augen ablesen

Non olet: Geld stinkt nicht

Non omne licitum honestum est: Nicht alles Erlaubte ist ehrenvoll

Non omnes eadem mirantur amantque: Nicht alle bewundern und lieben dasselbe

Non omnia posssumus omnes: Wir können alle nicht alles

Non omnibus dormio: Ich werde nicht zu allem, was geschieht, schweigen

Non omnia error stultitia est dicendus: Nicht jeden Irrtum darf man Torheit nennen

Non omnis moriar: Ich werde nicht ganz sterben

Non plus ultra: Nichts darüber hinausgehen

Non possumus: Wir können nicht

Non potest bene imperare, qui male antea servit: Wer ein schlechter Diener war, kann kein guter Herr sein

Non procul a proprio stipite poma cadunt: Früchte fallen nicht weit von ihrem Stamm

Non progredi est regredi: Wer nicht fortschreitet, geht zurück

Non purgat peccata, qui negat: Wer die Fehler leugnet, büßt sie nicht

Non qua igitur, sed qua eundum est via, tibi eundum est!: Schlage nicht den Weg ein, den man geht, sondern, den man gehen soll!

Non quamdiu, sed quam bene vixeris, refert: Es geht nicht darum, wie lange, sondern wie rechtschaffen du gelebt hast

Non quam multis placeas, sed quibus, stude!: Sei darauf bedacht, nicht wie du vielen, sondern welchen Menschen du gefällst!

Non quivis suavia comedit edulia: Nicht jeder isst Süßigkeiten

Non revocare potes, qui periere: Die vergangenen Tage kann man nicht mehr zurückholen

Non scholae, sed vitae discimus: Nicht für die Schule, sondern fürs Leben lernen wir

Non semper erit aestas: Nicht immer wird es Sommer sein

Non semper erunt saturnalia: Nicht immer werden Festtage sein (es ist nicht alle Tage Sonntag)

Non sentitur sedulitate labor: Emsige Arbeit spürt man nicht

Non sequitur: Das folgt nicht

Non sum, qualis eram: Nicht bin ich, wie ich war

Non sum, quod fueram: Nicht bin ich, was ich gewesen war

Non sunt amici, qui degunt procul: Das sind nicht Freunde, die fern leben

Non tam ovum ovo simile: Nicht ist ein Ei so ähnlich dem anderen

Non turpis est cicatrix, quam virtus parit: Die Wunde, welche die Tugend verursacht, ist nicht schändlich

Nonumque prematur in annum: Bis ins neunte Jahr wird daran gefeilt (mit einer Arbeit nicht zufrieden sein)

Non numquam tacuisse nocet, nocet esse locutum: Geredet zu haben schadet, geschwiegen zu haben niemals

Non,ut diu vivamus, curandum est, sed ut satis: Wir müssen uns nicht um das lange Leben sorgen, sondern darum, dass wir genug leben

Non uti libet, sed uti licet sic vivimus: Wir leben nicht, wie es gefällt, sondern, wie es möglich ist

Non vola claudatur, ubi libro stirps sociatur: Zwischen Tür und Wand legt niemand seine Hand

Non volat in buccas assa columba tuas: Eine gebratene Taube fliegt nicht in deinen Mund

Nosce te ipsum!: Erkenne dich selbst!

Nosce tempus!: Erkenne die Zeit!

Noscitur ex sociis: Sag' mir, mit wem du gehst, ich sag' dir, was für ein Mensch du bist

Nos haec novimus esse nihil: Wir wissen, dies ist nichts

Nos numerus sumus: Wir sind nur Zahlen (Stimmvieh)

Nos poma natamus: Mit großen Leuten verkehren

Nostri farrago libelli: Der Mischmasch unseres Buches

Novus rex, nova lex: Neuer König, neues Gesetz

Novissima verba: Die letzten Worte

Novos amicos dum paras, veteres cole!: Während du dir neue Freunde sucht, kümmere dich um die alten

Nubes et inania captare: Den Boden unter den Füßen verlieren

Nuces relinquere: Flügge werden

Nucleum amisi, reliquit pignori putamina: Den Kern habe ich verloren, die Schalen behalten

Nudato Petro, Paulum tegere nefas: Den Petrus zu entblößen, um den Paulus zu bekleiden, ist nicht erlaubt

Nudum latro transmittit: Bettler pfeifen, wenn auch Räuber im Wald streifen

Nudum pactum: Ein mündlicher Vertrag

Nudum stramen et vacuum triturare: Leeres Stroh dreschen

Nugae canorae: Wohlklingende Possen

Nugis addere pondus: Den Possen Gewicht verleihen

Nulla dies maerore caret: Kein Tag ohne Kummer

Nulla dies sine linea: Kein Tag ohne eine Zeile

Nulla herba aut vis mortis tela frangit: Gegen den Tod ist kein Kraut gewachsen

Nulla potentia supra leges esse debet: Keine Gewalt darf über den Gesetzen stehen

Nulla regula sine exceptione: Keine Regel ohne Ausnahme

Nulla salus in bello: Keine Rettung im Krieg

Nulla scabies scabiosior superstitione: Es gibt keinen schlimmeren Aussatz als den Aberglauben

Nulla tam bona est fortuna, de qua nil possis queri: Es gibt kein Glück, das man nicht bemängelt

Nullo in loco male audit misericordia: Nirgendwo steht das Mitleid in schlechten Ruf

Nullum anarchia maius est malum: Kein Übel ist größer als die Gesetzlosigkeit

Nullum est malum maius, quam non posse ferre malum: Kein Unglück ist größer, als ein Unglück nicht ertragen zu können

Nullum est nunc dictum, quod sit non dictum prius: Es wird jetzt nichts gesagt, was nicht schon früher gesagt worden ist

Nullum magnum imgenium sine mixtura dementiae: Kein großer Geist ohne eine Mischung von Wahnsinn

Nullum simile quattuor pedibus currit: Jeder Vergleich hinkt

Nullus dolor est, quem non longinquitas temporis minuat ac molliat: Jeder Schmerz wird mit der Zeit gemildert und erträglich

Nullus est liber tam malus, ut non aliqua parte prosit: Kein Buch ist so schlecht, dass es nicht irgendwie nützt

Nummis potior amicus in periculis: In den Gefahren ist ein Freund besser als Geld

Nummus nummum parit: Wo Geld ist, kommt Geld hin

Nummus ubi loquitur, Tullius ipse tacet: Wo Geld redet, schweigt selbst der Redner Tullius Cicero

Numquam aliud natura, aliud sapientia dicit: Natur und Weisheit stimmen immer überein

Numquam est fidelis cum potente societas: Niemals ist ein Bündnis mit einem Mächtigen von Dauer

Numquam nimis dicitur, quod numquam satis dicitur: Niemals wird zu viel gesagt, was niemals genug gesagt wird

Numquam non miser est,qui, quod timeat, cogitat: Wer immer an seine Ängste denkt, kann nicht glücklich sein

Numquam retorsum: Niemals rückwärts

Numquam sint visi, qui caruere nisi: Es gibt keine Menschen, die ohne das „wenn nicht" auskamen

Numquam ubi diu fuit ignis, defecit vapor: Wo es lange brannte, fehlt es auch nicht an Rauch

Nunc animis opus, nunc pectore firmo: Jetzt brauchst du Mut und ein standhaftes Herz

Nunc est bibendum: Jetzt darf man trinken

Nunc pro tunc: Jetzt für damals

Nunc tuum ferrum in igni est: Du hast jetzt dein Eisen im Feuer

Nunc vino pellite curas!: Vertreibt jetzt mit Wein die Sorgen!

Nusquam est, qui ubique est: Nirgends ist, wer überall ist

Nusquam facilius culpa quam in turba latet: Schuld versteckt sich am besten in einer Menschenschar

Nutrit pax Cerem, pacis amica Ceres: Der Frieden nährt die Ceres, Ceres ist die Freundin des Friedens (Der Frieden düngt den Acker gut)

O

Obiter dictum: Beiläufig gesagt

Obiurgari in calamitate gravius est quam calamitas: Im Unglück noch getadelt zu werden ist schlimmer als das Unglück selbst

Oblata arripe!: Lass dir ein Angebot nicht entgehen!

Oblatam occasionem tene!: Halte die gebotene Gelegenheit fest!

Obscuro loco natus: Von niederem Stand

Obsequium benevoli animi finem non habet: Die Güte eines guten Herzens ist grenzenlos

Obsequium nuptae cito fit odium paelicis: Der Gehorsam der Gattin weckt den Zorn der Nebenfrau

Obstupui steteruntque comae, vox faucibus haesit: Ich war verblüfft, die Haare sträubten sich und die Stimme stockte im Hals

Obstupui tacitus sustinuique pedem: Ich starrte schweigend und hielt inne

Occasio aegre offertur, facile amittitur: Selten bietet sich eine Gelegenheit, aber schnell verschwindet sie

Occasio facit furem: Gelegenheit macht Diebe

Occasio receptus difficiles habet: Schwierig ist der Rückzug, wenn man dafür eine Gelegenheit sucht

Occasionem oblatam arripere: Eine Gelegenheit sich nicht entgehen lassen

Occasiones solent aditus aperire peccatis: Gelegenheit macht Diebe

Occidi est pulchrum, ignominiose ubi servas: Wenn man mit Schimpf und Schande gedient hat, dann ist der Tod schön

Occidit miseros crambe repetita: Er tötet die Elenden durch aufgewärmten Kohl

Occurrunt homines, nequeunt montes occurrere: Menschen kommen zusammen, aber nicht Berg und Tal

Oculatus testis unus pluris est quam auriti decem: Ein Augenzeuge zählt mehr als zehn Ohrenzeugen

Oculi dolent: Ein Dorn im Auge

Oculi occulte amorem incipiunt, consuetudo perficit: Zuerst verguckt man sich, dann besorgt die Erfahrung in der Liebe den Rest

Oculis clausis: Mit geschlossenen Augen

Oculis magis habenda fides quam auribus: Den Augen muss man mehr vertrauen als den Ohren

Oculi sunt in amore duces: In der Liebe sind die Augen die Führer

Oculos et vestigia domini res agro saluberrimas: Das Auge des Herrn schafft mehr als seine beiden Hände

Oculum pro oculo et dentes pro dente: Auge um Auge, Zahn um Zahn

Oculus index animi: Das Auge ist der Spiegel der Seele

Oderint, dum metuant: Sie können ruhig hassen, solange sie nur sich fürchten

Oderint, dum probent!: Mögen sie nur hassen, wenn sie zustimmen

Oderunt peccare boni virtutis amore: Aus Liebe zur Tugend hassen es die Guten zu sündigen

Odia multorum sub osculo latent: Der Hass vieler verbirgt sich hinter einem Kuss

Odia qui nimium timet, regnare nescit: Wer den Hass zu sehr fürchtet, versteht nicht zu regieren

Odi profanum vulgus et arceo: Ich hasse das Volk, das die Musen nicht verehrt, und halte es von mir fern

Odium effugere est triumphare: Dem Hass entgehen heißt triumphieren

O dulce tormentum, ubi reprimitur gaudium!: Oh süße Qual, wenn die Freude zu Ende ist!

Officium divinum: Gottesdienst

Officium humanitatis: Die Pflicht zur Menschlichkeit

Officium nobile: Edle Pflicht

Officium supremum: Letzte Ehre

Oh, imitatores! servum pecus!: Oh, ihr Nachahmer, sklavisches Vieh!

Ohe! Iam satis est!: Hoho! Nun ist es genug!

Oleo tranquillior: Ruhiger als Öl

Olet lucernam: Es riecht nach der Lampe (Eine Fleißarbeit)

Oleum addere camino: Öl ins Feuer gießen

Oleum et operam perdidi: Öl und Mühe habe ich verloren (Etwas umsonst getan haben)

Olim meminisse iuvabit: Einst wird es nützlich sein, sich zu erinnern

Olla fervet: Der Topf kocht

Olla male fervet: Der Topf kocht schlecht (Jemand lebt armselig)

Omina sunt aliquid: Vorbedeutungen sind etwas

Omne animal seipsum diligit: Jedes Wesen liebt sich selbst

Omne initium difficile: Aller Anfang ist schwer

Omne nimium nocet: All zu viel ist ungesund

Omne nimium vertitur in vitium: Jedes Zuviel wird zum Fehler

Omne simile claudicat: Jedes Gleichnis hinkt

Omnes aequo animo parent, ubi iusti imperant: Sobald Gerechte herrschen, ordnet sich jeder mit Gleichmut unter

Omnes, cum occulte peccant, peccant tutius: Man sündigt im Verborgenen gefahrloser

Omnes una manet nox: Alle erwartet eine Nacht

Omne trinum perfectum: Aller guten Dinge sind drei

Omne tulit punctum, qui miscuit utile dulci: Jeden Punkt macht, der das Nützliche mit dem Angenehmen verband

Omnia bonos viros decent: Alles ziemt sich für gute Männer

Omnia cum amico delibera, sed de ipso prius!: Alles berate mit deinem Freund, aber zu aller erst mit dir selbst

Omnia eiusdem farinae: Alles von dergleichen Art

Omni aetati mors est communis: Jedem Alter ist der Tod gemeinsam

Omnia idem pulvis: Alles ist derselbe Staub

Omnia mea mecum porto: All meinen Besitz trage ich bei mir

Omnia mors poscit; lex est, non poena, perire: Alles fordert der Tod; Gesetz ist es, nicht Strafe, zu sterben

Omnia mors aequat: Alles macht der Tod gleich

Omnia munda mundis: Alles ist den Reinen rein

Omnia mutantur, nihil interit: Alles ändert sich, nichts kommt um

Omnia orta occident: Alles Entstandene wird untergehen

Omnia tempus habent: Alles hat seine Zeit

Omnia venalia Romae: Alles ist in Rom käuflich

Omnia vertuntur: Alles verändert sich

Omnia vincit amor, nos et cedamus amori!: Alles besiegt die Liebe, auch wir wollen uns der Liebe fügen!

Omnibus lippis notum et tonsoribus: Stadtbekannt

Omnis ars imitatio est naturae: Jede Kunst ist Nachahmung der Natur

Omnis fama a domesticis emanat: Jeder Ruf geht von den Familienmitgliedern aus

Omnis homo mendax: Jeder Mensch ist ein Lügner

Omnis voluptas, quamcumque arrisit, nocet: Jede Lust ist schädlich, wie schön sie auch immer ist

Omnium consensu: Mit Übereinstimmung aller

Omnium rerum mors est extremum: Von allen Dingen ist der Tod der letzte

Ope et consilio: Mit Rat und Tat

Opem ferre in tempore!: Bring bei Zeiten Hilfe!

Opera consilioque adhortatur: Mit Rat und Tat

Opera et studio: Durch Mühe und Fleiß

Operari sequitur esse: Wirken hat das Dasein zur Voraussetzung

Opertis oculis: Mit geschlossenen Augen

O pessimum periculum, quod opertum latet: Oh schreckliche Gefahr, die versteckt im Hinterhalt lauert!

Oportet est mala herba: Muss ist eine harte Nuss

Opprobrium medicorum: Eine Schande für die Ärzte (Eine unheilbare Krankheit)

Optime positum est beneficium, cuius meminit, qui accipit: Eine Wohltat hat sich bestens gelohnt, wenn der Empfänger sich daran erinnert

Optimi consiliarii mortui: Die besten Ratgeber sind die Toten

Optimum cibi condimentum fames: Die beste Würze der Speisen ist der Hunger

Optimum est aliena frui insania: Sehr gut kann man aus der Dummheit des anderen einen Nutzen ziehen

Optimum est non nasci: Nie geboren werden ist das Beste

Optimum obsonium labor: Das beste Zeugnis ist die Arbeit

Opus coniectore Oedipo est: Man benötigt einen Rätsellöser wie Ödipus

Opus opificem probat: Das Werk empfiehlt den Meister

Opus posthumum: Nachgelassenes Werk

O quantum est in rebus inane!: Oh, wie viel Leeres ist unter den Dingen

Ora et labora!: Bete und arbeite!

Oratio pro domo: In eigener Sache

Orbis terrarum: Erdkreis

Orci habet galeam: Der Mann im Hintergrund (Anstifter)

Orcu recipere ad se hunc noluit: Selbst der Teufel wollte ihn nicht

O rus quando te aspiciam!: Oh Land, wann ist es mir vergönnt dich zu sehen

Ossa ac pellis totus est: Er ist nur noch Haut und Knochen

O sancta simplicitas!: Oh heilige Einfalt!

O si tacuisses, philosophus mansisses!: Oh, wenn du doch geschwiegen hättest, dann wärst du ein Philosoph geblieben!

O taciteum tormentum animi conscientia!: Oh Gewissen, du bist die verborgene Folter der Seele!

O tempora! O mores: Oh Zeiten! Oh Sitten!

Otia corpus alunt, animus quoque pascitur illis: Freizeit stärkt den Körper, aber auch die Seele hat ihren Nutzen davon

Otium cum dignitate: Ruhe ohne Würde

Otium pulvinar diaboli: Müßiggang ist des Teufels Ruhekissen

Otium sine litteris mors est et hominis vivi sepultura: Muße ohne Wissenschaft ist der Tod und das Grab des lebendigen Menschen

Ovem lupo committere: Das Schaf dem Wolf anvertrauen

O vita, misero longa, felici brevis: Oh Leben, lang bist du für den Unglücklichen, aber kurz für den Glücklichen

P

p.a.(per annum u. Pro anno): Jährlich

p.c. (per centum): Für das Hundert

p.d. (per diem): Täglich

Pabulum Acherontis: Futter für den Acheron (Dem Tod geweiht)

Palumbem ad aream usque adduximus: Wir haben dir immer Gelegenheiten zum Gewinn gegeben

Panem et circenses: Brot und Spiele

Paratae lacrimae insidias, non luctum indicant: Vorgetäuschte Tränen verraten List, nicht Trauer

Par bene comparatum: Ein gut zusammengestelltes Paar

Parcere subiectis et debellare superbos: Die Unterworfenen schonen und die Stolzen besiegten

Parens iratus in se est crudelissimus: Ein erzürnter Vater ist gegen sich am grausamsten

Pares cum paribus facillime congregantur: Gleich und gleich gesellt sich gern

Parietes in me maledicti resonaverunt: Die Wände hallten wider, als ich geschämt wurde

Parietes ipsi loqui posse videantur: Die Wände scheinen dies selbst predigen zu können

Pari passu: Im Gleichschritt

Paritur pax bello: Der Friede wird durch den Krieg hervorgebracht

Par negotiis neque supra: Den Geschäften gewachsen und nicht mehr

Par nobile fratrum: Ein edles Brüderpaar

Par pari refertur: Gleiches wird mit Gleichem gemessen

Par praemium labori: Der Arbeit entsprechender Lohn

Par pro pari refert: Gleiches mit Gleichem

Pars beneficii est, quod petitur, si belle negas: Ein Wunsch ist halb erfüllt, wenn man sie mit schönen Worten ablehnt

Pars tui melior immortalis est: Dein besserer Teil ist unsterblich

Parta tueri: Das Erworbene erhalten

Parthis mendacior: Verlogener als die Parther (Die größten Lügner)

Parturiunt montes, nascetur ridiculus mus: Der Berg lag in den Wehen, eine lächerliche Maus wird geboren

Parva leges capiunt animos: Kleine Dinge beschäftigen Kleingeister

Parvum addas parvo, magnus acervus erit: Kleinvieh macht auch Mist

Pater familias: Familienvater

Pater noster: Vaterunser

Pater patriae: Vater des Vaterlandes

Pater peccavi: Vater, ich habe gesündigt

Patet omnibus veritas: Die Wahrheit steht allen offen

Patiendo multa veniunt, quae nequeas pati: Durch Geduld entsteht vieles, was man nicht mehr dulden kann

Patiens et fortis se ipsum felicem facit: Durch Geduld und Tapferkeit machst du dich glücklich

Patientia animi occultas divitias habet: Geduld hat verborgene Reichtümer der Seele

Patientia laesa fit furor: Verletzte Geduld wird zur Wut

Patriae fumus igne alieno luculentior: Der Rauch des Vaterlandes ist glänzender als fremdes Feuer

Patria est ubicumque est bene: Dort ist mein Vaterland, wo es mir gut geht

Patris filius: Ein Apfel fällt nicht weit vom Stamm

Pauca abunde mediocribus sufficiunt: Wenig ist für die Bescheidenen viel

Pauca, sed bona: Wenig, aber gut

Pauca verba: Wenige Worte

Pauci, quos amavit Iupiter: Nur wenige liebte Jupiter

Pauci vident morbum suum, omnes amant: Wenige sehen ihre Fehler, aber alle lieben sie

Paucorum est intellegere, quid celet deus: Nur wenigen wissen, was Gott verbirgt

Paucorum improbitas est multorum calamitas: Die Schlechtigkeit weniger ist das Unglück vieler

Paulum sepultae distat inertiae celata virtus: Nur wenig fern ist verheimlichte Tugend von der verborgenen Tatenlosigkeit

Pauperis est numerare pecus
Aufgabe der Armen ist es, das Vieh zu zählen

Paupertas artis omnis perdocet: Not lehrt alle Künste

Paupertas impulit audax: Armut macht verwegen

Pauper ubique iacet: Der Arme liegt überall am Boden

Pax optima rerum: Der Friede ist die beste Sache

Pax una triumphis innumeris potior: Ein Friede geht über zahllose Triumphe

Pax vobis!: Friede sei mit euch!

Peccare pauci nolunt, nulli nesciunt: Wenige wollen nicht sündigen, aber alle können es

Peccatum amici velut tuum recte putes!: Halt' es für richtig, den Fehler eines Freundes dir selbst anzurechnen!

Peccatum extenuat, qui celeriter corrigit: Wer einen Fehler schnell verbessert, verringert ihn

Peccatur intra et extra: Daheim und draußen begeht man Fehler

Peccavi: Ich habe gesündigt

Pecorum modo fugientes: Wie Vieh flüchten

Pectus est, quod facit disertos: Das Herz macht beredt

Pecunia est nervus rerum: Geld ist die Triebfeder der Dinge

Pecunia unum regimen est rerum omnium: Geld regiert die Welt

Pecuniae omnia oboediunt: Alles gehorcht dem Geldbeutel

Pedem ad stipulam offendere: Den Fuß an einen Halm anstoßen

Pedem opponerent: Die Beine stellen

Pedes quocumque ferunt: Wohin auch immer die Füße tragen

Pedibus compensari pecuniam: Reisen ist Geld wert

Pedibus in sententiam vado: Ich stimme zu

Peiora multo cogitat mutus dolor: Der stumme Schmerz bringt noch viel Schlimmeres hervor

Pendente lite: Der Prozessausgang ist in der Schwebe

Pennas incidere alicui: Einem die Flügel beschneiden

Per accidens: Zufällig

Per annum: Jährlich

Per aspera ad astra: Durch Mühen zum Erfolg

Perdendi finem nemo nisi egestas facit: Nur die Mittellosigkeit beendet die Verschwendung

Perdidisse honeste mallem quam accepisse turpiter: Lieber mit Anstand verlieren als mit Schande gewinnen

Pereat!: Er soll sterben!

Perenne coniugium animus, non corpus facit: Das Herz macht eine Ehe dauerhaft, nicht der Körper

Pereundi scire tempus assidue est mori: Ununterbrochen stirbt, wer die Stunde seines Todes kennt

Per fas et nefas: Durch Recht und Unrecht

Perfer et obdura!: Ertrage und harre aus!

Perfugere ad inferiorem se ipsum est tradere: Wenn man zu einem Schwächeren flieht, liefert man sich selbst aus

Perge!: Fahr fort!

Pergo ad alios; venio ad alios; deinde ad alios; una res: Ich gehe zu anderen; ich komme zu anderen; darauf zu anderen; alles dasselbe

Periculum in mora: Gefahr in Verzug

Per iniuriam: Durch Unrecht

Perit, quod facis ingrato: Verloren geht, was du für einen Undankbaren machst

Permissu superiorum: Mit Erlaubnis der Vorgesetzten / Sieger

Per obitum: Durch den Tod

Per pedes apostolorum: Zu Fuß wie die Apostel

Perpetuo vincit, qui utitur clementia: Ständig siegt, wer nachsichtig ist

Per quae sis tutus, illa semper cogites!: Was dir Sicherheit verschafft hat, das vergiss nicht!

Per quem sis clarus, illi, quod sis, imputes!: Wer dich berühmt gemacht hat, dem rechne an, was du jetzt bist!

Persaepe evenit, ut utilitas cum honestate certet: Häufig liegt der Nutzen mit der Rechtschaffenheit im Streit

Per saltum: Durch einen Sprung

Per se: Durch sich / an sich

Persona grata: Eine erwünschte Person

Personae mutae: Stumme Personen

Per testes: Durch Zeugen

Per tot discrimina rerum: Durch so viele Wechselfälle

Per varios casus: Durch zahlreiche Schicksalsschläge

Pes sic tendatur, ne lodix transgrediatur: Wer sich nicht nach der Decke streckt, dem bleiben die Füße unbedeckt

Pessima res publica, plurimae leges: Der schlechteste Staat hat die meisten Gesetze

Pessimum genus inimicorum laudantes: Die schlimmsten Feinde sind die Lobredner

Petimus damusque vicissim: Wir bitten und gewähren gegenseitig

Petitio principii: Forderung des Beweisgrundes

Philosophia christiana: Christliche Philosophie

Philosophia perennis: Ewige Philosophie

Philosophus non curat: Darum kümmert sich kein großer Geist

Pia desideria: Fromme Wünsche

Pia fraus: Frommer Betrug

Pica pulvinaris: Eine geschwätzige Elster

Pice nigrius: Pechschwarz

Pictoribus atque poetis quidlibet audendi semper fuit aequa potestas: Maler und Dichter haben immer eine gewisse Freiheit

Pietas fundamentum est omnium virtutum: Die Frömmigkeit ist die Grundlage aller Tugenden

Piger ipse sibi obstat: Der Faule steht sich selbst im Weg

Pileum donat, ut pallium recipiat: Er wirft mit der Wurst nach dem Schinken

Pilum alicui inicere: Den Kampf eröffnen

Pingere cum gladio: Einem mit der Waffe etwas deutlich machen

Pinquis venter non gignit sensum tenuem: Ein fetter Bauch bringt kein Zartgefühl hervor

Piscator ictus sapiet: Gebranntes Kind scheut das Feuer

Piscem natare doces: Dem Fisch das Schwimmen lehren (Du trägst Eulen nach Athen)

Pisces natare volunt: Fische wollen schwimmen

Piscis nequam est nisi recens: Ist der Fisch nicht frisch, taugt er auf keinem Tisch

Placeat homïni, quidquid Deo placuit: Man füge sich dem Willen Gottes

Plaudite, cives!: Applaudiert, Bürger!

Plaustrum perculi: Ich habe den Karren in den Dreck gefahren

Plenus venter non studet libenter: Ein voller Bauch studiert nicht gut

Plerumque gratae divitibus vices: Den Reichen gefallen häufige Abwechslungen

Plumbeo gladio iugulari: Mit einem bleiernen (stumpfen) Schwert getötet werden

Plura faciunt homines e consuetudine quam e ratione: Die Menschen handeln mehr nach der Gewohnheit als mit dem Verstand

Plures adorant solem orientem quam occidentem: Die Menschen beten lieber die aufgehende als die untergehende Sonne an

Plures amicos mensa quam mens concipit: Mehr Freunde erwirbt sich deine Tafel als dein Verstand

Plures crapula quam gladius: Mehr Menschen tötet der Rausch als das Schwert

Plures tegit fortuna, quam tutos facit: Mehr Menschen schützt das Schicksal als dass es ihnen Sicherheit gewährt

Plurima mortis imago: Das vielgestaltige Bild des Todes

Plurimum facere, et minimum ipso de se loqui: Man soll recht viel tun und sehr wenig von sich reden

Plus apud nos vera ratio valeat quam vulgi opinio: Mehr soll bei uns die wahre Vernunft als die Meinung des Volkes gelten

Plus dolet quam necesse est, qui ante dolet quam necesse est: Mehr als notwendig schmerzt es, wenn man eher Schmerz empfindet, als es nötig ist

Plus exempla quam peccata nocent: Beispiele schaden mehr als Vergehen

Plus potest, qui plus valet: Der Stärkere behält die Oberhand

Plus ratio quam vis caeca valere solet: Mehr erreicht man mit Überlegung als mit stumpfer Gewalt

Plus sonat quam valet: Viel Geschrei um nichts

Plus vident oculi quam oculus: Mehr sehen die Augen als das Auge

Plusve minusve: Mehr oder weniger

P.M. (post meridiem): Nachmittag

Poena ad malum serpendo, ut proterat, venit: Langsam kommt die Strafe zu dem Bösewicht, um ihn zu vernichten

Poenas garrulus ipse dabit: Der Schwätzer selbst wird die Strafe erleiden

Poeta nascitur, non fit: Als Dichter wird man geboren und nicht dazu gemacht

Ponderanda sunt testimonia, non numeranda: Die Zeugnisse muss man prüfen, aber nicht zählen

Pons asinorum: Eselsbrücke

Portam itineri dici longissimam: Der größte Schritt ist immer der aus der Tür (Der erste Entschluss kostet immer die größte Anstrengung)

Portatur leviter, quod portat quisque libenter: Man trägt leicht, was man gerne trägt

Post acclamationem bellicam iacula volant: Nach der Kriegserklärung fliegen die Speere

Post amicitiam credendum est, ante amicitiam iudicandum: Nach Beginn einer Freundschaft muss man vertrauen, aber vorher genau prüfen

Post bellum auxilium: Hilfe, wenn die Gefahr vorüber ist

Post cenam stabis, vel passus mille meabis: Nach dem Essen sollst du stehen oder tausend Schritte gehen

Post diluvium (p.d.): Nach der Sintflut

Post equitem sedet atra cura: Hinter dem Reiter sitzt die tiefe Sorge

Post factum nullum consilium: Nach der Tat kein Ratschlag mehr

Post festum venisti: Du bist nach dem Fest gekommen

Post hoc, ergo propter hoc: Nach diesem, also wegen dieses

Post malam segetem serendum est: Nach einer schlechten Ernte muss man säen

Post mortem nulla voluptas: Nach dem Tod kein Vergnügen

Post nubila Phoebus: Nach Regen folgt Sonnenschein

Post tenebras lux: Nach der Finsternis Licht

Posteri dies testes sunt sapientissimi: Spätere Tage sind sehr weise Zeugen

Postquam docti surrexerunt, boni viri desierunt: Gelehrte Männer schlechte Männer

Postulata: Geforderte Dinge

Potentissimus est, qui se habet in potestate: Der Mächtigste ist, wer sich selbst in Gewalt hat

Potestas etiam si supplicet, cogit: Großer Herrn Bitten ist befehlen

Praeambula fidei: Vorläufer des Glaubens

Praeesse nescit, qui subesse nescit: Wer nicht gehorchen kann, der kann auch nicht befehlen

Praeferre patriam liberis regem decet: Dem König ziemt es, das Vaterland seinen Kindern vorzuziehen

Praemonitus, praemunitus: Zuvor gewarnt, zuvor geschützt

Praesens absens: Geistig abwesend

Praesentemque refert quaelibet herba deum: Gottes Gegenwart meldet jeder Halm

Praestat amicitia propinquitati: Freundschaft geht vor Verwandtschaft

Praestat membrum perdere quam totum corpus: Lieber ein Glied verlieren als den ganzen Körper

Praestat otiosum esse quam male agere: Es ist besser, ein Müßiggänger als ein Bösewicht zu sein

Praevisus ante, mollior ictus venit: Ein Schlag, den man vorher sieht, hat eine sanftere Wirkung

Pransum ac paratum esse militem oportet: Gesättigt und ausgerüstet muss ein Soldat sein

Preces armatae: Hart vorgetragene Bitten (Erpressung)

Prima caritas incipit a seipse: Die Nächstenliebe beginnt zuerst bei sich selbst

Prima et maxima peccantium est poena peccasse: Die erste und größte Strafe der Sünder besteht darin, gesündigt zu haben

Prima facie: Beim ersten Anblick

Prima frons decipit: Der erste Anschein trügt

Primo intuitu: Beim ersten Anblick

Primo mihi: Zuerst mir

Primus in orbe deus est timor: Der erste Gott auf dem Erdkreis ist die Furcht

Primus inter pares: Der erste unter Gleichen

Primus non sum nec imus: Ich bin nicht der erste noch der letzte

Princibus placuisse viris non ultima laus est: Den wichtigsten Männern gefallen zu haben ist nicht das schlechteste Lob

Principia praeter necessitatem non multiplicanda: Grundsätze dürfen nicht ohne Not vermehrt werden

Principiis obsta!: Widerstehe dem Anfang!

Principis est virtus maxima nosse suos: Die wichtigste Tugend eines Fürsten ist, seine Untertanen zu kennen

Principium dimidium totius: Der Anfang ist die Hälfte des Ganzen

Principium individuationis: Grundsatz der Vereinzelung

Prior tempore, potior iure: Wer zuerst kommt, mahlt zuerst

Priusquam incipias, consulto, et ubi consulueris mature facto opus est: Bevor man anfängt, soll man Rat einholen und danach schnell handeln

Privatum commodum publico cedit: Der private Vorteil steht dem öffentlichen nach

Pro aris et foris: Für Religion und Vaterland kämpfen

Probatum est: Es ist geprüft / bestätigt worden

Probitas laudatur et alget: Redlichkeit wird gelobt und friert

Pro bono publico: Zum öffentlichen Nutzen

Procellae quanto plus habent virium tanto minus temporis: Je stärker Stürme sind, desto kürzer sind sie

Procul Iove, procul a fulmine: Fern vom Jupiter, fern vom Blitz (vom Hof verbannt)

Procul ex oculis, procul ex mente: Aus den Augen, aus dem Sinn

Procul fugito mulum, pistrinum flumen: Halt dich fern von einem Maulesel, einer Mühle und einem Fluss

Prodent auctorem vires: Den Urheber werden die Kräfte verraten

Prodest cautela plus quam postremo querela: Nützlicher ist die Vorsicht als die spätere Klage

Prodire sumptu ultra modum: Über seine Verhältnisse leben

Proditionem amo, sed proditorem non laudo: Den Verrat liebe ich, aber den Verräter lobe ich nicht

Proditor pro hoste habendus: Den Verräter muss man als Feind ansehen

Proditores etiam iis, quos anteponunt, invisi sunt: Verräter sind auch diesen verhasst, die ihnen Vorteile verschaffen

Pro domo: In eigener Sache

Pro et contra: Für und gegen

Pro forma: Förmlich

Promissio boni viri fit obligatio: Das Versprechen eines guten Mannes wird zur Pflicht

Promissio parit debitum: Durch ein Versprechen lädt man sich eine Verpflichtung auf

Pro nihilo: Für nichts

Pro superi! Quantum mortalia pectora caeca noctis habent: Oh ihr Götter, welche Schatten verbirgen sich in der menschlichen Brust!

Prope ad summum, prope ad exitum: Nach dem Gipfel, nach dem Ende

Propone deum ante oculos!: Habe immer die Götter vor Augen!

Propria domus omnium optima: Das eigene Haus ist das Beste von allen

Propria laus sordet: Eigenlob stinkt

Proprio motu: Aus eigener Anregung

Propriis pennis vulneramur: Wir werden von unseren Pfeilen verletzt

Propriis rationibus: Nach eigenen Gründen

Proprium est stultitiae aliorum vitia cernere, oblivisci suorum: Der Tor bemerkt nur die Fehler der anderen, während er die eigenen übersieht

Prora et puppis: Mir lag alles daran

Prospectandum vetulo latrante: Wenn ein alter Hund bellt, muss man nachschauen

Protectio trahit subiectionem et subiectio protectionem: Schutz zieht Unterwürfigkeit und Unterwürfigkeit Schutz nach sich

Providentiae memor!: Immer vorsichtig!

Proximus sum egomet mihi: Ich bin mir selbst der Nächste

Prudens in flammam ne manum inicito: Als kluger Mann sollst du nicht die Hand in die Flamme halten

Prudens interrogatio quasi dimidium sapientiae: Eine kluge Frage ist gleichsam die halbe Weisheit

Prudentis mutare consilium; stultus sicut luna mutatur: Der Kluge soll gelegentlich seinen Plan ändern; der Tor aber ändert sich wie der Mond

Prudentis est nonnumquam silere: Manchmal muss der Kluge schweigen

P.S. (postcriptum): Nachschrift

Publicum bonum privato est praeferendum: Der öffentliche Nutzen geht vor dem privaten

Pudor doceri non potest, nasci potest: Scham ist angeboren, sie kann nicht gelehrt werden

Pueri sunt pueri: Kinder sind nun einmal so

Pugna suum finem, cum iacet hostis, habet: Der Kampf ist beendet, wenn der Feind am Boden liegt

Pugnare cum deis cumque fortuna grave est: Mit den Göttern und dem Schicksal zu kämpfen ist schwierig

Pulchre, bene, recte: Schön, gut, recht

Pulchrum est accusari ab accusandis: Schön ist es, wenn man von denen angeklagt wird, die selbst vor Gericht stehen müssten

Pulverem ob oculos adspergebat: Er streute Sand in die Augen

Pulvis et umbra sumus: Staub und Schatten sind wir

Pumiceos oculos habeo: Ich kann nicht weinen

Punctum saliens: Der springende Punkt

Punctum vivimus: Einen Augenblick dauert unser Leben

Punica fides: Punische Treue (Treulosigkeit)

Puras deus, non plenas aspicit manus: Gott sieht nur die reinen, aber nicht die vollen Hände

Puris omnia pura: Dem Reinen ist alles rein

Purpura indutus pauper, sui ipsius immemor est: Wenn ein Armer sich in Purpur kleidet, hat er sich selbst vergessen

Purus putus es ipse: Das ist er leibhaftig selbst

Puteum fodere, ubi sitis fauces tenet: Einen Brunnen graben, wenn der Durst die Kehle zuschnürt

Q

Quadriga: Viergespann

Quadrigae meae decucurrerunt: Mein Pulver ist verschossen

Quadrupedante putrem sonitu quatit ungula campum: Sieh, wie die gallopierende Hufe die lockere Ebene mit Lärm erschüttert!

Quadrupes interdum cadit: Bisweilen stürzt auch ein Pferd mit vier Beinen

Quadruplum: Das Vierfache

Quae e longinquo, magis placet: Was aus der Ferne kommt, gefällt

Quae fuerunt vitia, mores sunt: Was Fehler waren, sind jetzt Sitten

Quae fugiunt celeri carpite poma manu: Früchte, die schnell faulen, muss man schnell pflücken

Quae fuit durum pati, meminisse dulce est: Was hart zu ertragen war, an das erinnert man sich gern

Quae infra nos, nihil ad nos: Was unter unserem Niveau ist, das taugt nichts für uns

Quae nocent, docent: Durch Schaden wird man klug

Quae non prosunt singula, multa iuvant: Die Menge muss es bringen

Quae peccamus iuvenes, ea luimus senes: Die Fehler unserer Jugend büßen wir im Greisenalter

Quae regio in terris nostri non plena laboris?: Welche Gegend der Erde haben wir uns nicht untertan gemacht?

Quaerenda pecunia primum, virtus post nummos: Erst das Geld, dann die Moral

Quaerit aquas in aquis: Er sucht Wasser im Wasser

Quaerit delirus, quod non respondit Homerus: Der Narr stellt Fragen, die ihm selbst Homer nicht beantworten kann

Quaeritur, sitne aequum amicos cognatis anteferre: Es stellt sich die Frage, ob es gerecht ist, die Freunde den Verwandten vorzuziehen

Quaesitam meritis sume superbiam!: Nimm den durch Verdienste erworbenen Stolz an (Stell' dein Licht nicht unter den Scheffel!)

Quae uncis sunt unguibus ne nutrias: Was Krallen mit Haken hat, das füttere nicht!

Quaevis terra alit artificem: Jedes Land ernährt den Künstler

Quae vult videri bella nimis, nulli negat: Wenn eine Frau zu sehr schön sein will, dann gibt sie keinem einen Korb

Qualis pater, talis filius: Wie der Vater, so der Sohn

Qualis rex, talis grex: Wie der Herr, so der Knecht

Qualis sit animus, ipse animus nescit: Wie der Geist ist, das weiß der Geist selbst nicht

Qualis vir, talis oratio: An der Rede erkennt man den Mann

Qualis vita, finis ita: Wie das Leben, so das Ende

Quam difficilis est virtutis diuturna simulatio: Wie schwer ist es über längere Zeit Tugendhaftigkeit vorzutäuschen

Quam est felix vita, quae sine odiis transiit: Wie glücklich ist das Leben, das ohne Hass ablief

Quam malus est, culpam, qui suam alterius facit: Wie schlecht ist derjenige, der einem anderen seine Schuld auflädt

Quam quisque norit artem, in hac se exerceat: Übung macht den Meister

Quando conveniunt Margareta, Sibylla, Camilla garrire incipiunt et ab hoc et ab hac et ab illa: Wenn Grete, Sibylle und Camilla zusammengekommen, dann wird über diesen, diese und jene hergezogen

Quandoque bonus dormitat Homerus: Zuweilen schläft auch Homer (Jeder kann einen Fehler machen)

Quandoque tumet venter, produntur facta latenter: Wenn der Bauch schwillt, werden die heimlichen Taten verraten

Quanta patimur!: Wie viel erdulden wir!

Quanti est sapere!: Wie viel ist es wert weise zu sein!

Quantum est in rebus inane: Wie viel Nichtiges gibt es unter den menschlichen Dingen

Quantum quisque feret, respiciendus erit: Wie viel jemand leistet, danach muss er eingeschätzt werden

Quantum valeat: So viel es wert sein mag

Quarta luna natus: Unter dem vierten Mond geboren

Quas dederis solas semper habebis opes: Nur die Schätze allein, die du gespendet hast, wirst du immer haben

Quasi mures, semper edimus alienum cibum: Wie die Mäuse essen wir immer fremde Speisen

Quaternio terminorum: Vierheit der Begriffe

Qua vincit victos protegit ille manu: Mit derselben Hand, mit der jener siegte, schützt er die Besiegten

q.e.d. (quod est demonstrandum): Was zu beweisen ist

Quem deu perdere vult, prius dementat: Wen Gott vernichten will, den macht er vorher verrückt

Quem paenitet pecasse, paene est innocens: Wen es reut gesündigt zu haben, der ist fast unschuldig

Qui alterum incusat probri eum ipsum se intueri oportet: Wer einem anderen eine Schandtat vorwirft, der muss auf sich selbst sehen

Qui amat periculum, peribit in illo: Wer die Gefahr liebt, wird darin umkommen

Qui asinum non potest, stratum caedit: Man schlägt auf den Sack, aber den Esel meint man

Qui aures habet, audiat!: Wer Ohren hat, höre!

Qui bonum respuit consilium, sibi ipsi nocet: Wer guten Rat verschmäht, schadet sich selbst

Qui, cum dolet, fatuatur, post tempus sapit: Wer vor Schmerz den Verstand verliert, wird später wieder vernünftig sein

Qui rapitur spumante salo sua bracchia cauti porrigit, et dura saxa capit: Wer in das schäumende Meer fällt, streckt vorsichtig die Arme aus und versucht sich an Felsen festzuhalten

Qui venit, ut noceat semper meditatus venit: Wer kommt, um zu schaden, der kommt immer vorsichtig

Quicquid bono concedas, des partem tibi: Wer einem Guten einen Gefallen tut, ist sich teilweise auch selbst gefällig

Quicquid excessit modum, pendet instabili loco: Was das Maß überschreitet, gerät ins Schwanken

Quicquid fit cum virtute, fit cum gloria: Was mit Tugend geschieht, geschieht auch ehrenvoll

Quicquid fortuna exornat, cito contemnitur: Wen das Schicksal besonders hervorhob, der fällt schnell der Verachtung anheim

Quicquid in altum fortuna tulit, ruiturus levat: Was auch immer das Schicksal hoch hob, geschah nur in der Absicht, dass es zu Fall kommt

Quicquid vindicandum est, omnis optima est occasio: Zur Rache ist jeder Anlass gut

Qui cum Platone cenant, etiam postero die bene se habent: Wer mit Plato speist, fühlt sich auch am anderen Tag wohl (Wer vernünftig speist, fühlt sich wohl)

Quid afferre consilii potest, qui seipse eget consilio?: Wie kann der einen Rat erteilen, der selbst einen Rat notwendig hat?

Quid, de quoque viro et cui dicas, saepe videto: Was, von wem und zu wem du sprichst, musst du beachten

Quid dem? Quid non dem? Renuis tu, quod iubet alter: Was soll ich geben? Was soll ich nicht geben? Du weist zurück, was ein anderer verlangt

Qui dedit beneficium taceat; narret, qui accepit: Wer eine Wohltat erwiesen hat, möge schweigen. Davon soll nur der reden, der sie empfing

Quid facient pauci contra tot milia fortes: Was sollen wenige Tapfere gegen so viele tausende ausrichten?

Quid facies, facies Veneris si veneris ante? Ne pereas, per eas, ne sedeas, sed eas!: Was wirst du tun, wenn du vor die Venus trittst? Damit du nicht umkommst, setze dich nicht, sondern geh weg!

Quid facis, infelix? Perdis bona vota: Was tust du Unglücklicher? Du verlierst deine guten Wünsche

Quid leges sine moribus vanae proficiunt?: Was können eitle Gesetze ohne Sitten für einen Nutzen haben?

Quid tibi pecunia opus est, si uti non potes?: Weshalb benötigst du Geld, wenn du es nicht gebrauchen kannst?

Quid turpius quam senex vivere insipiens?: Was ist schimpflicher als wie ein unvernünftiger Greis zu leben

Quidlibet audendi semper fuit aequa potestas: Immer war eine günstige Gelegenheit etwas zu wagen

Quidquid conaris, quo pervenias,cogites: Was auch immer du versuchst, denke an das Ziel!

Quidquid futurum est summum, ab imo nascitur: Was auch immer einmal sehr groß sein wird, fängt klein an

Quidquid moror exemplis, quorum me turba fatigat: Weshalb halte ich mich mit Beispielen auf, deren Anzahl mich ermüden?

Quid nisi victis dolor?: Was außer Schmerzen muss man für die Besiegten empfinden?

Quid non mortalia pectora cogis, auri sacra fames?: Wozu verleitest du die Herzen der Menschen, verderbliche Gier nach Gold?

Quid nunc?: Was nun?

Quidquid agis prudenter, agas et respice finem!: Was du auch machst, handle klug und sieh auf das Ende!

Quidquid id est, timeo Danaos, et dona ferentes: Feindes Gaben sind Gift

Quid Romae faciam? Mentiri nescio: Was soll ich in Rom tun? Ich verstehe nicht zu lügen

Quid, si coelum ruat?: Was, wenn der Himmel einstürzen sollte?

Quid sit futurum cras, fuge quaerere!: Was morgen geschieht, frage nicht!

Qui e nuce nucleum esse vult, frangat nucem!: Wer den Kern der Nuss essen will, muss die Nuss zerbrechen!

Quies gentium sine armis haberi nequit: Die Ruhe der Völker kann nicht ohne Waffen aufrecht erhalten werden

Quieta non movere!: Ruhiges nicht erregen!

Qui fert malis auxilium, post tempus dolet: Wer Bösen hilft bereut es danach

Qui fugit molam, farinam non invenit: Wer die Mühle meidet, findet kein Mehl

Qui genus iactat suum aliena laudat: Wer sein Geschlecht lobt, lobt Fremdes

Qui iactat in terra, non habet, unde cadat: Wer auf der Erde liegt, kann nicht fallen

Qui iure suo utitur, nemini facit inuriam: Wer von seinem Recht Gebrauch macht, fügt niemandem Unrecht zu

Quilibet praesumitur bonus, donec probetur contrarium: Jeder wird für gut gehalten, bis das Gegenteil bewiesen wird

Qui male agit, odit lucem: Wer Böses tut, hasst das Licht

Qui medice vivit, misere vivit: Wer nach den Vorschriften der Medizin lebt, führt ein elendes Leben

Qui nescit dissimulare, nescit vivere: Wer sich nicht verstellen kann, der versteht nicht zu leben

Qui nimis propere, minus prospere: Eile mit Weile!

Qui nos est hodie, cras minus apte erit: Wer heute nicht bereit ist, der wird es morgen noch weniger sein

Qui non proficit, deficit: Wer nicht fortschreitet, geht zurück

Qui non laborat, non manducet: Wer nicht arbeitet, soll auch nicht essen

Qui non vetat peccare, cum possit, iubet: Wer das Sündigen nicht verbietet, obwohl er es kann, der befiehlt es

Qui non vult fieri desidiosus, amet: Wer nicht träge werden will, der liebe

Qui peccat ebrius, luat soprius!: Wer betrunken eine Tat verübt, büße sie nüchtern!

Qui pendet alienis promissis, saepe decipitur: Wer sich auf fremde Versprechungen verlässt, täuscht sich oft

Qui per alium facit, per se ipsum facere videtur: Wer etwas durch einen anderen tun lässt, erweckt den Anschein, als habe er es selbst vollbracht

Qui per virtutem perit, non interit: Wer durch seine Tugend umkommt, geht nicht unter

Qui proficit in litteris et deficit in moribus, plus deficit quam proficit: Wer zwar in den Wissenschaften Fortschritte macht, aber sich in der Moral zurück entwickelt, der macht mehr Rückschritte als Fortschritte

Qui pro quo: Wer für wen

Qui quaerit alta, is malum quaerere videtur: Wer hoch steigt, fällt tief

Qui, quae vult, dicit, quod non vult, audiet: Wer sagt, was er will, wird auch zu hören bekommen, was er nicht wünscht

Quique aliis cavit, non cavet ipse sibi: Wer andere beschützt hat, der schützt sich nicht selbst

Quis custodiet ipsos custodes?: Wer wird die Wächter selbst bewachen?

Qui seipsum laudat, cito derisorem inveniet: Wer sich selbst lobt, wird bald einen Spötter finden

Qui semel scurra, numquam pater familias: Wer einmal ein Luftikus war, wird niemals ein Familienvater sein

Quis fallere possit amantem?: Wer kann einen Liebhaber täuschen?

Quis famulus amantior domini quam canis?: Welcher Diener ist dem Herrn mehr zugetan als der Hund?

Quis furor, o cives, quae tanta licentia ferri!: Welche Wut, ihr Bürger! Was sitzt das Schwert so lose in der Scheide!

Qui sibi amicus est, scito hunc amicum omnibus esse: Wer sich selbst freundlich gesonnen ist – das sollst du wissen – ist auch zu allen anderen freundlich

Quis non odit varios, leves, futiles?: Wer verabscheut nicht die Wankelmütigen, die Leichtsinnigen und die Taugenichtse

Quisque suos patimur manes: Jeder von uns bekommt seine eigene Strafe

Quisquis amat ranam, ranam putet esse Dianam: Wer den Frosch liebt, der meint, dieser sei Diana (Liebe macht blind)

Quisquis magna dedit, voluit sibi magna remitti: Wer Großes gab, wollte, dass man ihm Großes wiedergebe

Qui spe aluntur, pendent, non vivunt: Wer von der Hoffnung lebt, schwebt, aber er lebt nicht

Qui stadium currit, niti et contendere debet, ut vincat: Wer um die Wette läuft, muss sich bemühen und zu gewinnen suchen

Quis tulerit Gracchos de seditione quaerentes?: Wer möchte schon die Gracchen anhören, die sich über Unruhen beklagen?

Qui suis rebus contentus est, huic maximae ac certissimae sunt divitiae: Wer mit seiner Lage zufrieden ist, der hat den größten und sichersten Reichtum

Qui tacet, consentire videtur: Wer schweigt, scheint zuzustimmen

Qui terret, plus ipse timet: Wer erschreckt, ist selbst noch mehr in Furcht

Qui timide rogat, docet negare: Wer nur zaghaft fordert, lehrt das Abschlagen der Bitte

Qui vitat molam, vitat farinam: Wer nicht arbeitet, soll auch nicht essen

Qui vult decipi, decipiatur: Wer getäuscht werden will, der soll getäuscht werden

Quo animo?: In welchem Sinn?

Quocumque nomine gaudet?: Wessen Namens er sich auch immer erfreut?

Quod aetas vitium posuit, aetas aufert: Der Fehler, den die Zeit verursacht hat, beseitigt die Zeit auch wieder

Quod avertat deus!: Was Gott verhüten möge!

Quod caret alterna requie, durabile non est: Was nicht auch einmal zur Abwechslung Ruhe hat, kann nicht von Dauer sein

Quod certaminibus ortum, ultra metam durat: Was durch Kämpfe entstanden ist, dauert über das Ziel hinaus

Quod cito fit, cito perit: Was schnell entsteht, schnell vergeht

Quod decet honestum est, et quod honestum est, decet: Was sich gehört, ist ehrenhaft, und was ehrenhaft ist, gehört sich

Quod defertur, non aufertur: Aufgehoben ist nicht aufgeschoben

Quod de quoque viro, et cui dicas, saepe caveto: Was du über einen Mann sagst und wem du es sagt, beachte sehr wohl

Quod deus bene vertat!: Was Gott zum Guten wenden möge!

Quod erat demonstrandum: Was zu beweisen war

Quod est timendum decipit, si neglegas: Was man fürchten muss, täuscht dich, wenn du nachlässig bist

Quod est venturum, sapiens ut praesens cavet: Die Zukunft ist in den Gedanken des Weisen schon Gegenwart

Quod est violentum, non est durabile: Was gewaltsam ist, ist nicht dauerhaft

Quod fortunatum, felix faustumque sit! (Abk. Q.F.F.F.Q.S.): Was beglückend, beglückt und glücklich sei

Quod fugere credas, saepe solet occurrere: Das kommt oft auf dich zu, dem du nach deiner Meinung schon längst entflohen bist

Quod improbis tribuitur, eripitur probis: Was man den Schlechten schenkt, entzieht man den Guten

Quod in corde sobrii, id in lingua ebrii: Was im Herzen des Nüchternen ist, das ist auf der Zunge des Betrunkenen

Quod latet, ignotum est, ignoti nulla cupido: Was verborgen ist, ist unbekannt. Nach Unbekanntem besteht kein Verlangen

Quod licet, ingratum est, quod non licet acrius urit: Was erlaubt ist, ist wenig angenehm; was aber verboten ist, reizt mehr (Die verbotenen Früchte schmecken am süßesten)

Quod licet Iovi, non licet bovi: Was Jupiter erlaubt ist, steht noch lange nicht dem Stier frei

Quod nescis, cui serves, stultum est parcere: Wer nicht weiß, für wen er spart, handelt töricht

Quod nimis miseri volunt, hoc facile credunt: Was die allzu Unglücklichen wollen, das glauben sie leicht

Quod non potest, vult posse, qui nimium potest: Was er nicht vermag, das will der können, der zu viel kann

Quod periit, quaeri pote, reprehendi non potest: Das Verlorene kann man suchen, aber man kann es nicht finden

Quod petiit, spernit, repetit, quod nuper omisit: Was er suchte, verachtet er; er sucht wieder, was er kürzlich unbeachtet liegen ließ

Quod pudeat socium, prudens celare memento: Was dem Bekannten Scham bereit, das versucht man in kluger Weise geheim zu halten

Quod quisque amat, laudando commendat sibi: Was einer liebt, empfiehlt er sich durch Loben

Quod quisque fecit, patitur: Wie du mir, so ich dir

Quod ratio nequit, saepe sanavit mora: Was der Verstand nicht besser kann, bessert oft die Zeit

Quod semper est paratum, non semper iuvat: Das erste Beste nützt nicht immer

Quod senior loquitur, omnes consilium putant: Die Worte eines Älteren halten alle für einen guten Rat

Quod sequitur, fugio; quod fugit, usque sequor: Was mich sucht, das fliehe ich; was mich flieht, das suche ich beständig

Quod sis, esse velis, nihilque malis: Was du bist, so sollst du auch erscheinen, aber nicht mehr

Quod sors feret, feremus aequo animo: Was das Schicksal bringen wird, werden wir mit Gleichmut ertragen

Quod supra nos, nihil ad nos: Was über uns ist, taugt nichts für uns

Quod tibi fieri non vis, alteri non feceris: Was du nicht willst, dass man dir tut, das füg auch keinem anderen zu!

Quod timeas, citius quam speres, evenit: Deine Befürchtungen treten schneller ein, als du es erhoffst

Quod verum, simplex, sincerumque est, id naturae hominis est aptissimum: Was wahr, einfach und aufrichtig ist, das entspricht der menschlichen Natur am meisten

Quod vide! (Abk. q.v.): Sieh dies nach!

Quod volunt homines, se bene velle putant: Was die Menschen wollen, das glauben sie mit Recht zu wollen

Quod vult, cupiditas cogitat, non quod decet: Gier denkt nur an ihr Ziel, aber nicht an die Moral

Quod vult, habet, qui velle, quod satis est, potest: Wer nur will, was ihm genügt, hat, was er will

Quondam etiam victis redit in praecordia virtus: Zuweilen kehrt bei Besiegten die Tapferkeit ins Herz zurück

Quorum pars magna fui: Worin ich eine große Rolle spielte

Quos deus perdere vult, dementat prius: Wen Gott verderben will, den macht er vorher wahnsinnig

Quos ego!: Euch werd' ich!

Quot capita, tot sententiae: Wie viele Köpfe, so viele Meinungen

Quot capitum vivunt, totidem studiorum milia: Wie viele Köpfe leben, so viele Interessen

Quot homines, tot causae: Wie viele Menschen, so viele Gründe

Quotidiana vilescunt: Alltägliches wird wertlos

Quot servi, tot hostes: Wie viele Sklaven, so viele Feinde

Quousque tandem abutere, Catilina, patientia nostra?: Wie lange noch, Catilina, wirst du unsere Geduld missbrauchen?

R

Radit usque ad cutem: Er schabt bis aufs Fell (Etwas gründlich machen)

Rapere est accipere, quod non possis reddere: Etwas nehmen, was man nicht zurückgeben kann, bedeutet rauben

Rara avis in terris nigroque simillima cygno: Ein seltener Vogel auf Erden und einem schwarzen Schwan sehr ähnlich

Rari nantes in gurgite vasto: Wenig Schwimmer auf weiter Tiefe

Rarum esse oportet, quod diu carum velis: Selten muss das sein, was du willst, dass es dir lange lieb und teuer ist

Ratio et consilium propriae ducis artes: Vernunft und Überlegung sind Fähigkeiten, die ein Feldherr besitzen muss

Ratio iustifica: Die rechtfertigende Vernunft

Ratio quasi quaedam lux lumenque vitae: Die Vernunft ist gleichsam ein gewisser Glanz und ein Licht des Lebens

Ratione, non vi vincenda adulescentia est: Mit Vernunft, nicht aber mit Gewalt wird die Jugend beherrscht

Rationes crebras ponito, ut firma omnia custodias!: Überleg' häufig, damit du auch alles im Griff hast!

Re infecta: Unverrichteter Dinge

Rebus sic stantibus: Bei dieser Sachlage

Recenti mens tripidat metu: Vor Furcht noch zittert mein Herz

Recta: Ohne Umschweife

Recta prava faciunt: Das Recht ins Unrecht verkehren

Recte bene!: Richtig gut!

Recte faciendo neminem timeas: Wenn du richtig handelst, musst du niemand fürchten

Reddit, non perdit, qui, quod alienum est, refert: Wer fremdes Eigentum zurückbringt, gibt es zurück, aber nicht weg

Reddite ergo, quae sunt Caesaris, Caesari et quae sunt Dei, Deo: Gebt dem Kaiser, was dem Kaiser gehört, und Gott, was Gott gehört!

Redire ad fontes: Zu den Quellen zurückkehren

Redire ad rem: Zum Thema zurückkehren

Redire ad nuces: Ganz klein wieder anfangen

Reditus annui: Jährliche Einkünfte

Redivivus: Neu belebt

Reductio ad absurdum: Zurückführung auf den Widerspruch

Reduviam curare: Ich kümmere mich nicht um die Hauptsache

Refectorium: Speisezimmer

Reformatio in peius: Verschärfung eines Urteils

Regia, crede mihi, res est succurrere lapsis: Eine königliche Sache ist es, glaub' mir, Gefallenen zu helfen

Regis ad exemplar totus componitur orbis: Nach dem Vorbild des Königs wird der ganze Kreis eingerichtet

Regius morbus: Die königliche Krankheit (Gelbsucht)

Regnat, non regitur, qui nil, nisi quod vult, facit: Wer nur tut, was er will, ist König, aber kein Untertan

Regum felicitas multis miscetur malis: Das Glück der Könige ist mit vielen Übeln verbunden

Rei nulli prodest mora nisi iracundiae: Verzögerung ist nur nützlich bei einem Zornausbruch

Relata refero: Mein Bericht / Erzählung beruht auf Hörensagen

Relictis rebus: Alles im Stich lassen

Rem acu tetigisti: Du hast den Nagel auf den Kopf getroffen

Rem fidemque perdere: Vermögen und Kredit verlieren

Remedium frustra est contra fulmen quaerere: Gegen den Blitz gibt es kein Abwehrmittel

Remedium iuris: Rechtsmittel

Remigio veloque: Mit allen Kräften

Reminiscere, domine!: Gedenke, Herr!

Rem verba sequuntur: Der Sache folgen Worte

Renovet pristina bella!: Mag er alte Kämpfe erneuern!

Reparabilis adsonat echo: Wiederholt ertönt das Echo

Repente dives nemo factus est bonus: Kein Guter ist plötzlich reich geworden

Reperit deus nocentem: Gott findet den Schuldigen

Reperitis rimam: Ein Loch finden (Sich durchlügen)

Requiem aeternam dona eis, domine!: Gib ihnen die ewige Ruhe, Herr!

Requiescat in pacem!: Er ruhe in Frieden!

Rerum omnium magister usus: Übung macht den Meister

Res amicos invenit: Die Sache findet Freunde

Reservatio mentalis: Gedanklicher Vorbehalt

Res est sacra miser: Man soll über einen Unglücklichen nicht spotten

Res est solliciti plena timoris amor: Die Liebe besteht in Aufregung und Unruhe

Res humanae instabiles sunt et nihil habent firmitatis: Die menschlichen Angelegenheiten sind unbeständig und unsicher

Res in cardine est: Die Sache ist in der Schwebe

Res ipsa testis est: Der Augenschein lehrt es

Res iudicata: Eine entschiedene Sache

Respue, quod non es!: Weise zurück, was du nicht bist

Res humanae flebile ludibrium: Die menschlichen Dinge sind ein beklagenswertes Spiel

Res parata furto durabit tempore curto: Diebesgut geht bald verloren

Respicere nil consuevit iracundia: Der Zorn nimmt auf nichts Rücksicht

Res male quaesita, saepe recedit ita: Wie gewonnen, so zerronnen

Res triarios rediit: Die Sache ist jetzt in den Händen von tüchtigen Männern

Responsio mollis frangit iram: Eine freundliche Antwort besänftigt den Zornigen

Respue, quod non es: Spucke aus, was du nicht isst

Res quanto est maior, tanto est insidiosior: Je größer eine Sache ist, umso gefährlicher ist sie

Restat iter coelo; coelo tentabimus ire: Es bleibt der Weg am Himmel übrig; am Himmel werden wir versuchen zu gehen

Restim crassam tu tibi cape ac te suspende!: Kauf dir einen dicken Strick und häng' dich auf!

Res unius aetatis: Sache eines Menschenalters

Reus innocens fortunam, non testem timet: Ein schuldloser Angeklagter fürchtet nicht den Zeugen, sondern das Schicksal

Rex datur propter regnum, non regnum propter regem: Der König ist für das Reich da, nicht das Reich für den König

Rex esse nolim, ut esse crudelis velim: Ich möchte nicht König sein, damit ich dann grausam sein kann

Rex est, qui metuit nihil; rex est et cupit nihil: König ist, wer nichts fürchtet und nichts wünscht

Rex numquam moritur: Der König stirbt niemals

Rex regnat, sed non gubernat: Der König herrscht, aber regiert nicht

Ridendo dicere verum: Lachend die Wahrheit sagen

Ridentem dicere verum, quid vitat?: Was verbietet es, lachend die Wahrheit zu sagen?

Ride, si sapis: Lache, wenn du weise bist

Ridentem dicere verum: Lachend die Wahrheit sagen

Ridere in stomacho: Innerlich lachen

Ridet argento domus: Das Haus strahlt vor Silber

Ridetur, chorda qui semper oberrat eadem: Wer dieselbe Lächerlichkeit begeht, wird verspottet

Ridiculum acri fortius et melius magnas plerumque secat res: Das Lächerliche entscheidet oft viel nachdrücklicher und besser wichtige Dinge

Risu absolvit ilia: Er schüttelt sich vor Lachen

Risu inepto res ineptior nulla est: Nichts ist alberner als albernes Lachen

Risu erumpi: Vor Lachen platzen

Risum teneatis, amici!: Haltet das Lachen zurück, meine Freunde!

Risus abundat in ore stultorum: An häufigem Lachen erkennt man den Narren

Risus dolore miscebitur, et extrema gaudia luctus occupat: Lachen wird sich mit Schmerz vermischen und nach größten Freuden kommt die Trauer

Risus profundior lacrimas parit: Zu starkes Lachen bringt Tränen hervor

Rivalem patienter habe!: Ertrage mit Geduld den Nebenbuhler!

Rivalitatem non amat victoria: Der Sieger liebt seine Mitstreiter nicht

Roganti melius quam imperanti pareas: Dem Bittenden gehorcht man lieber als dem Befehlenden

Rogare officium servitus quodammodo: Zu bitten gehört gewissermaßen zu den Pflichten der Knechtschaft

Roma non fuit una die condita: Rom wurde nicht an einem Tag erbaut

Romae Tibur amem, ventosus, Tibure Romam: In Rom liebe ich Tibur, aber in Tibur wieder Rom

Roma locuta est, causa finita est: Rom hat gesprochen, die Sache ist entschieden

Rore non pascitur: Von der Luft kann man nicht leben

Rore vixit more cicadae: Er lebt wie die Grillen vom Tau

Rosa de spinis floruit: Auch unter Dornen wachsen Rosen

Ruborem amico excutere amicum est perdere: Dem Freund eine Schande wegnehmen bedeutet ihn aufgeben

Rudis ingestaque moles: Eine rohe und ungeordnete Masse

Ruere in servitium: Sich in Knechtschaft stürzen

Rufos esse minus fideles: Rothaarige sind weniger treu

Rufum et barbatam longe saluta!: Einen Rotbart und eine bärtige Frau grüß von weitem!

Rus in urbe: Das flache Land in der Stadt

Rustica natura semper sequitur sua iura: Ein Bauer bleibt immer ein Bauer

Rusticus dum rogatur, intumescit ei venter: Bittet man einen Bauer, so schwillt ihm der Bauch an

S

Sacra sriptura: Die Heilige Schrift

Sacrum pingue dabo, non macrum sacrificabo: Ich werde ein fettes Opfer bringen, kein mageres werde ich opfern

Saepe est sub pallio sordido sapientia: Oft steckt Weisheit unter einem schmutzigen Mantel

Saepe etiam olitor valde opportuna locutus: Oft hat auch ein Gemüsegärtner sehr passendes gesprochen

Saepe in coniungiis fit noxia, cum nimia est dos: Oft entsteht Unglück in der Ehe, wenn die Mitgift zu groß ist

Saepe in magistrum scelera redierunt sua: Oft fallen auf den Anstifter seine Vergehen zurück

Saepe ingenia calamitate intercidunt: Oft gehen große Geister im Unglück unter

Saepe premente deo fert deus alter opem: Wenn ein Gott Schwierigkeit bereitet, bringt oft ein anderer Gott Hilfe (Glück im Unglück)

Saepe stilum vertas!: Kehre oft den Griffel um! (Das Geschriebene korrigieren)

Saepe summa ingenia in oculta latent: Oft bleiben die größten Geister im Dunklen verborgen

Saepe tacens vocem verbaque vultus habet: Oft hat die schweigende Miene Stimme und Worte

Saepe via obliqua praestat quam tendere recta: Oft ist es besser den krummen als den geraden Weg zu gehen

Saevi inter conveniunt ursi: Die wilden Bären sind unter sich einig

Saevit amor ferri et scelerata inania belli: Es wütet die Liebe zu den Waffen und der verbrecherische Wahnsinn

Sagitta interdum resiliens percutit dirigentem: Auf den Schützen fliegt der Pfeil zurück

Sal Atticum: Das attische Salz (Witz und Gewandtheit)

Salivam movet: Es läuft ihm das Wasser im Mund zusammen

Saltus in concludendo: Sprung im Schließen

Salus populi suprema est lex: Das Wohl des Volkes ist höchstes Gesetz

Salutis causa bene fit homini iniuria: Man handelt richtig, wenn man zur Rettung eines Lebens Unrecht tut

Salva venia: Mit Erlaubnis

Salva dignitate: Mit Wahrung der Würde

Salve, Domine!: Sei gegrüßt, oh Herr!

Salvo iure: Unter Wahrung des Rechts

Salvo pudore: Unter Wahrung der Sittsamkeit

Salvum fac regem!: Erhalte den König!

Sancta simplicitas: Die heilige Einfalt

Sanctissimum est meminisse, cui te debeas: Es ist eine heilige Pflicht, sich zu erinnern, bei wem man in der Schuld steht

Sannam facere: Eine Grimasse schneiden

Sapere aude!: Wage weise zu sein!

Sapiens, cum laudatur in facie, flagellatur in mente: Wenn der Weise im Angesicht gelobt wird, wird er im Geiste getadelt

Sapiens dominabitur astris: Der Weise wird den Sternen gebieten

Sapiens nihil affirmat, quod non probet: Der Weise behauptet nichts, was er nicht beweist

Sapienter vitam instituere: Sein Leben weise einrichten

Sapientia prima stultitia caruisse: Der Anfang der Weisheit, ohne Torheit zu sein

Sapienti sat!: Für den Vernünftigen genug!

Sapientissimus inter sapientes: Der weiseste unter den Weisen

Sapientum octavus: Der achte Weise

Sarculum hinc illo profectus illim rediisti rursum: Du hast dich in der Fremde nicht geändert

Sarire quis velit saxum?: Wer möchte einen Stein bearbeiten wollen?

Sarta tecta tua praecepta habui: Ich habe deine Vorschriften immer heilig gehalten wie ein Evangelium

Sat cito, si sat bene: Schnell genug, wenn gut genug

Sat prata biberunt: Genug haben die Wiesen getrunken

Sat pulchra, si sat bona: Schön genug, wenn gut genug

Satis eloquentiae, sapientiae parum: Genügend Beredsamkeit, aber zu wenig Weisheit

Satis quod sufficit: Genug ist, was genügt

Satis superque: Genug und darüber

Satius est recurrere, quam currere male: Es ist besser zurück zulaufen, als schlecht zu laufen

Saxea ut effigies: Wie versteinert

Saxum volutum non obducitur musco: Ein rollender Felsen wird nicht vom Moos überzogen

Scaenae serviendum est: Man muss Rücksicht nehmen auf die Öffentlichkeit

Scapham, scapham dicere: Einen Kahn einen Kahn nennen (Ein Ding beim rechten Namen nennen)

Scelera non habent consilium: Verbrecher handeln ohne Überlegung

Scelere velandum est scelus: Ein Verbrechen muss durch ein anderes verborgen werden

Scientia popinae: Die Kochkunst

Scinditur incertum studia in contraria vulgus: Das unberechenbare Volk ist aufgespaltenen in Gruppen, die entgegengesetzte Ziele verfolgen

Scintilla animae: Seelenfünklein

Scio, coactus tua voluntate es: Ich weiß, du wirst von deinem Willen getrieben

Scire volunt omnes, mercedem solvere nemo: Wissen wollen alle, aber Geld bezahlen will keiner

Scire volunt secreta domus, atque inde timeri: Sie wollen die Geheimnisse des Hauses wissen und daher dann gefürchtet werden

Scit uti foro: Er kennt das Geschäft

Scopae recentiores semper meliores: Neue Besen kehren gut

Scribendi recte sapere est et principium et fons: Wissen ist Anfang und Quelle des richtigen Schreibens

Scribimus indocti doctique: Wir schreiben, Ungelehrte und Gelehrte

Scribitur ad narrandum, non ad probandum: Man schreibt, um zu erzählen, nicht aber, um zu beweisen

Scutum abicere: Die Flinte ins Korn werfen

Scytharum solitudines: Leer und einsam

Secrete amicos admone, lauda palam!: Im Verborgenen mahne die Freunde, aber lobe sie öffentlich!

Secundae cogitationes meliores: Die zweiten Gedanken sind die besseren

Secundo amne defluit: Er schwimmt mit dem Strom

Secundum usum: Gemäß dem Gebrauch

Sedet, aeternumque sedebit infelix Theseus: Er sitzt und wird ewig sitzen, der unglückliche Theseus

Sed fugit interea, fugit irreparabile tempus!: Es flieht inzwischen, ja es entflieht unwiederbringlich die Zeit!

Sed non ego credulus illis: Aber ich glaube ihnen nicht

Sed summa sequar fastigia rerum: Ich will über die höchsten Dinge spreche

Sed taciti fecere tamen convicia vultus: Aber die schweigenden Mienen verkünden trotzdem Tadel

Semel abbas, semper abbas: Einmal Abt, für immer Abt

Semel insanivimus omnes: Einmal sind wir alle von Sinnen gewesen

Semper aliquid haeret: Immer bleibt etwas hängen

Semper avarus eget; certum voto pete finem!: Immer entbehrt der Gierige; deshalb suche für deine Wünsche eine bestimmte Grenze!

Semper bonus vir tiro est: Auch der gute Mensch lernt nie aus

Semper honor nomenque tuum laudesque manebunt: Immer wird deine Ehre, dein Name und dein Ruhm bleiben

Semper idem: Immer derselbe

Semper inops, quicumque cupit: Wer Wünsche hat, ist immer arm

Semper nocuit differre paratis: Aufschub schadet immer denjenigen, die bereit waren

Semper paratus: Immer bereit

Semper Saturnalia agunt: Sie feiern den ganzen Tag

Senectus ipsa est morbus: Alter ist an sich eine Krankheit

Senectus, quam ut adipiscantur, omnes optant, eandem accusant adepti: Alt werden will jeder, alt sein keiner

Senem iuventus pigra mendicum creat: Eine faule Jugend schafft einen alten Bettler

Seniores priores: Die älteren zuerst

Septem convivium, novem convivium: Sieben ist ein Gastmahl, neun ein Schandmal

Septem horas dormisse sat est iuvenique senique: Für Junge wie Alte sind sieben Stunden Schlaf genug

Septennis cum sit, nondum edidit dentes: Alter schützt vor Torheit nicht

Sequentem fugit, fugientem sequitur: Wer ihn sucht, vor dem flieht er; wer vor ihm flieht, den sucht er

Sequitur ver hiemem: Der Frühling folgt auf dem Winter

Series implexa causarum: Die komplexe Ordnung der Ursachen

Serit arbores, quae in altera saecula prosint: Er pflanzt Bäume, die erst im folgenden Jahrhundert von Nutzen sind

Serius et citius sedem properamus ad unam: Früher oder später eilen wir zu derselben Stelle (Wir müssen sterben)

Sermo datur cunctis, animi sapientia paucis: Die Sprache ist allen, aber die Weisheit des Geistes nur wenigen gegeben

Sero recusat ferre, quod subiit iugum: Zu spät weigert er sich das Joch zu tragen, das er auf sich nahm

Sero sapiunt Phryges: Zu spät werden die Trojaner weise

Serv venientibus ossa: Wer nicht zur rechten Zeit kommt, muss essen, was übrig bleibt

Serpens, ni edat serpentem, draco non fiet: Wenn die Schlange keine Schlange frisst, wird sie kein Drache werden

Serum est cavendi tempus in mediis malis: Wenn man von Übeln umgeben ist, hat man keine Zeit mehr, sich zu schützen

Servare cives, maior est virtus patriae patri: Seine Bürger zu beschützen ist die größte Tugend für den Vater des Vaterlandes

Servum pecus: Das Sklavenvieh

Sibi quisque peccat: Jeder sündigt zu seinem eigenen Schaden

Sibi quisque proximus: Jeder ist sich selbst der Nächste

Sibi uni fortunam debet: Sich allein verdankt er sein Glück

Sic!: Wirklich so!

Si cadere necesse est, occurrendum discrimini: Wenn man fallen muss, muss man der Gefahr entgegen gehen

Sic eunt fata hominum: So verlaufen die Geschicke der Menschen

Sic itur ad astra: So steigt man zu den Sternen

Sic me servat Apollo: So rettete mich Apollo

Si componere magnis parva mihi fast est: Wenn es mir erlaubt ist, Kleines mit Großem zusammenzustellen

Sic passim: So überall

Sic te diva potens Cypri: So führe dich die mächtige Göttin von Zypern (Venus)

Sic transit gloria mundi: So vergeht der Ruhm der Welt

Si cui vis apte nubere, nube pari!: Wenn du dich richtig vermählen willst, dann verheirate dich mit deinesgleichen

Si cum Jesuitis, non cum Jesu itis: Wenn ihr mit den Jesuiten geht, dann bestimmt nicht mit Jesu

Sic utere tuo, ut alieno non laedas!: Gebrauche dein Eigentum so, dass du fremden Besitz nicht beschädigst!

Sic visum superis: So schien es den Göttern richtig zu sein

Sic vive cum hominibus, tamquam deus videat, et videt: So lebe mit den Menschen, als wenn Gott es sieht, und er sieht es

Sic volo, sic iubeo: So will ich es, so befehle ich es

Sic vos, non vobis!: So ihr, nicht für euch!

Sicut ante: Wie vorher

Sicuti aurum ignis, ita etiam amicos tempus iudicat: Wie das Feuer das Gold erprobt, so prüft die Zeit die Freunde

Sidere pulcherior: Schöner als ein Stern

Si deus nobiscum, quis contra nos?: Wenn Gott mit uns ist, wer kann gegen uns sein?

Si duo faciunt idem, non est idem: Wenn zwei dasselbe machen, ist es noch lange nicht dasselbe

Si foret in terris, rideret Democritus: Wenn Demokrit noch auf Erden wäre, dann würde er lachen

Si fractus illabatur orbis, impavidum ferient ruinae: Wenn der Erdball zerborstet und einstürzt, dann werden die Trümmer einen Furchtlosen erschlagen

Si iudicas, cognosce; si regnas, iube!: Wenn du richtest, untersuche; wenn du herrschst, befiehl!

Silent leges inter arma: Unter dem Waffenlärm schweigen die Gesetze

Silentium: Stille

Silentium videtur confessio: Wer schweigt, bekennt seine Schuld

Sie leonina pellis non satis est, assuenda vulpina: Wenn das Löwenfell nicht genug ist, muss man das Fuchsfell daran flicken (Was man nicht mit Gewalt erreicht, kann man vielleicht mit List erlangen)

Simia, quam similis, turpissima bestia, nobis: Der Affe, das abscheulichste Tier, wie ähnlich ist er uns!

Simile claudicans: Ein hinkender Vergleich

Simile gaudet simili: Gleich und Gleich gesellt sich gern

Similes habent labia lactucas: Die Lippen essen den ihnen ähnlichen Salat (Jedem das Seine)

Similia similibus curantur: Ähnliches wird durch Ähnliches geheilt

Simplex munditiis: Einfach im Schmuck

Simulatio amoris peior odio est: Vortäuschen von Liebe ist schlimmer als Hass

Si natura negat, facit indigatio versum: Wenn die Natur es verweigert, bildet der Widerwille den Vers

Sincere et constanter: Aufrichtig und beständig

Sine Cerere et Baccho friget Venus: Bei Hunger und Durst hat die Liebe keinen Bestand

Sine cura: Ohne Sorge

Sine invidia: Ohne Neid

Sine ira et studio: Ohne Zorn und Eifer

Sine nomine vulgus: Das Volk ohne Namen

Sine odio: Ohne Hass

Sine pennis volare haud facile est: Ohne Federn ist nicht leicht zu fliegen

Sine vitiis nemo nascitur: Ohne Fehler wird niemand geboren

Si nihil infesti durus vidisset Ulysses; Penelope felix, sed sine laude foret: Wenn kein Leid der harte Odysseus gesehen hätte, wäre Penelope glücklich, aber ohne Ruhm gewesen

Si nisi non esset, perfectus quilibet esset: Wenn das „Außer" nicht wäre, wäre mancher glücklich

Sie non errasset, fecerat ille minus: Wenn er nicht geirrt hätte, hätte jener weniger getan

Sint sales sine vilitate: Witze müssen ohne Gemeinheiten sein

Sint, ut sunt, aut non sint: Sie sollen sein, wie sie sind, oder sie sollen nicht sein

Si parva licet componere magnis: Wenn es erlaubt ist, Kleines mit Großem zu vergleichen

Si quid fecisti, nega!: Wenn du etwas getan hast, leugne es!

Si quis dat mannos, ne quaere in dentibus annos: Einem geschenkten Gaul sieht man nicht ins Maul

Si res ita sit, valeat laetitia!: Wenn die Sache so liegt, dann „Leb wohl" Fröhlichkeit!

Si sufflasses, cecidissent: Man hätte sie umblasen können

Sis mihi mollis!: Sei mir hold!

Si tacuisses, philosophus mansisses: Wenn du geschwiegen hättest, wärst du ein Philosoph geblieben

Sit modus lasso maris et viarum militiaeque: Für den Erschöpften soll die Meerfahrt, die Märsche und der Kriegsdienst zu Ende sein

Sit piger ad poenas princeps, ad praemia velox!: Der Fürst soll langsam strafen, aber schnell belohnen!

Sit procul omne nefas; ut ameris, amabilis esto!: Fern sei alles Ungehörige; damit du geliebt wirst, sei liebenswert!

Sit tibi credibilis sermo, consuetaque verba!: Deine Rede sei glaubwürdig und deine Worte sollen, wie gebräuchlich sein!

Sit tibi terra levis!: Dir sei die Erde leicht!

Sit tua cura sequi; me duce tutus eris: Du musst dich bemühen mir zu folgen; unter meiner Führung wirst du sicher sein

Sit venia verbo: Wenn es erlaubt ist zu sagen

Si vir es, i!: Wenn du ein Mann bist, geh!

Si vis pacem, para bellum!: Wenn du den Frieden willst, bereite den Krieg vor!

Smegma commessatum reliquo parat oris hiatum: Der Appetit kommt beim Essen

Societas Jesu: Die Gesellschaft Jesu (Jesuiten)

Societas Leonina: Ein Löwenvertrag

Societatis vinculum est ratio et oratio: Die Bande der Gesellschaft ist Vernunft und Sprache

Socius fidelis anchora tuta est: Ein treuer Gefährte ist ein sicherer Anker

Solamen miseris socios habuisse malorum: Es ist ein Trost für die Elenden, Leidensgenossen zu haben

Sol decedens crescentes duplicat umbras: Wenn die Sonne untergeht, verdoppeln sich die wachsenden Schatten

Solem e mundo tollunt, qui amicitiam et vita tollunt: Die Welt wird von denen der Sonne beraubt, die dem Leben die Freundschaft rauben

Solem quis dicere falsum audeat?: Wer will es wagen, die Sonne falsch zu nennen?

Solent mendaces luere poenas maleficii: Die Lügner erleiden gewöhnlich die Strafe der Schandtat

Soli deo gloria!: Gott allein Ruhm!

Soli sumus: Wir sind unter uns

Solitudinem faciunt, pacem appellant: Obgleich sie eine Einöde schaffen, nennen sie es Frieden

Sol lucet omnibus: Die Sonne leuchte für alle

Solum patriae omnibus est carum, dulce atque iucundum: Der Boden des Vaterlandes ist allen lieb, teuer und angenehm

Somno mollior: Sanft wie der Schlummer

Sorex suo perit indicio: Die Maus kommt um, sobald sie erscheint

Sortes Homericae: Homerische Sprüche

Spargere voces in vulgum ambiguas: Zweifelhafte Gerüchte unter das Volk streuen

Species facti: Die Einzelheiten des Tatbestandes

Spectas, et tu spectaberis: Du schaust und du wirst erblickt werden

Spectatum admissi, risum teneatis, amici!: Ihr seid als Zuschauer zugelassen worden, Freunde! Unterdrückt das Lachen!

Spectatum veniunt, veniunt, spectentur ut ipsae: Sie kommen, um zu schauen und sie kommen, um gesehen zu werden

Spem bonam certamque domum reporto: Eine gute und gewisse Hoffnung bringe ich nach Hause mit

Sperat quidem animus; quo eveniat dis in manu est: Der Mensch denkt, Gott lenkt

Sperate, et vosmet rebus servate secundis: Hofft und erhaltet euch für günstige Zeiten

Speremus, quae volumus, sed quae acciderit, feramus: Lasst uns hoffen, was wir wollen, aber was sich ereignet, lasst uns ertragen

Sperne voluptates, nocet empta dolore voluptas: Verachte die Vergnügungen! Denn das mit Schmerz erkaufte Vergnügen schadet

Spes gregis: Die Hoffnung der Herde

Spes incerta futuri: Die Hoffnung auf Zukünftiges ist ungewiss

Spes sibi quisque: Jeder soll seine Hoffnung in sich haben

Spiritus familiaris: Der Schutzgeist

Spiritus promptus est, caro autem infirma: Der Geist ist willig, aber das Fleisch ist schwach

Spiritus rector: Der leitende Geist

Splendide mendax: In edler Weise lügnerisch (Ein Erzgauner)

Stabat mater dolorosa: Es stand die schmerzensreiche Mutter

Stans pede in uno: Auf einem Fuß stehend

Stat magni nominis umbra: Der Schatten eines großen Mannes steht da

Stat pro ratione voluntas: Statt des Grundes der Wille

Statua taciturnius: Stumm wie ein Klotz

Status quo: Zustand, in dem sich eine Sache befindet

Stercus et urina medicorum ferula prima: Stuhlgang und Urin ist der Ärzte erstes Kraut

Stillicidii casus lapidem cavat: Der Tropfen höhlt den Stein

Stimulos dedit aemula virtus: Sporen verlieh die wetteifernde Tugend

Stimulus sum tibi: Ich bin dir ein Dorn im Auge

Stomachatur omnia: Er frisst alles in sich hinein

Stilus curiae: Kanzleistil

Stipulata manu: Mit Handschlag

Studere suis commodis: Für seine Vorteile Sorgen tragen

Studio culinae tenetur: Die Sorge um die Küche hält ihn zurück

Stulte, stude!: Dummkopf, lerne etwas!

Stultitia est venatum ducere invitos canes: Nur ein Tor führt widerwillige Hunde zum Jagen hinaus

Stultitiam dissimulare non potes nisi taciturnitate: Dummheit kann man nur durch Schweigsamkeit verbergen

Stultitiam patiuntur opes: Reichtümer erlauben Dummheit

Stultitiam simulare loco, sapientia summa est: Sich dumm zu stellen, ist bisweilen sehr weise

Stultior stultissimo: Dümmer als dumm

Stultorum calami carbones, moenia chartae: Der Griffel der Dummen ist die Kohle und ihre Tafel die Mauer

Stultum est dicere: Non putarem: Töricht ist es zu sagen „Nicht würde ich es glauben."

Stultum est timere, quod vitari non potest: Töricht ist es zu fürchten, was man nicht vermeiden kann

Stultus es, rem actam agis: Du bist ein Tor, denn du tust, was schon gemacht ist

Stultus, qui, patre occiso, liberos relinquat: Töricht ist es, den Vater zu töten und dessen Kinder am Leben zu lassen

Stultus semper incipit vivere: Der Narr fängt immer ein neues Leben an

Stilus virum arguit: Der Stil verrät den Mann

Sua confessione hunc iugulo: Durch sein eigenes Geständnis vernichte ich ihn

Sua cuique deus fit dira cupido: Seine eigene furchtbare Begierde wird für jeden zum Verhängnis

Sua cuique sponsa, mihi mea: Einem jeden seinen Schatz, mir den meinigen

Sua cuique vita obscura est: Für jeden ist sein Leben dunkel

Sua cuique voluptas: Jeder hat sein eigenes Vergnügen

Suadere surdis: Tauben Ohren predigen

Suae quisque faber fortunae: Jeder ist seines Glückes Schmied

Sua munera mittit cum hamo: Er wirft mit der Wurst nach dem Schinken

Sua regina regi placet, Iuno Iovi: Dem König gefällt seine Königin und Jupiter die Juno

Sua sponte: Aus eigenem Antrieb

Suave est ex magno tollere acervo: Vom großen Haufen zu nehmen ist angenehm

Suaviter in modo, fortiter in re: Mild in der Art und Weise, aber hart in der Sache

Sub fine: Gegen Ende

Sub Iove frigido: Unter kaltem Himmel

Sublata causa tollitur effectus: Mit der Ursache wird auch die Wirkung aufgehoben

Sublimi feriam sidera vertice: Mit erhobenem Kopf werde ich die Gestirne berühren

Sub omni lapide scorpius dormit: Unter jedem Stein schläft ein Skorpion

Sub poena: Bei Strafe

Sub rosa: Unter dem Siegel der Verschwiegenheit

Sub sigillo confessionis: Unter dem Siegel der Beichte

Sub specie aeternitatis: Unter dem Blickwinkel der Ewigkeit

Successus ad perniciem multos devocat: Der Erfolg führt viele ins Verderben

Successus improborum plures allicit: Der Erfolg der Bösen verführt auch andere

Succidiam alteram: Eine zweite Speckseite (ebenso einträglich)

Succurrendum parti maxime laboranti: Man muss dem Körperteil Hilfe angedeihen lassen, der am meisten leidet

Sudore et sanguine: Durch Schweiß und Blut

Sufficit: Es genügt

Sui amans sine rivali: Ein Liebhaber seiner selbst ohne Nebenbuhler

Sui cuique mores fingunt fortunam: Der Charakter eines jeden Menschen ist für sein Schicksal verantwortlich

Sui generis: Eigener Art

Sui iuris: Von eigenem Recht (unabhängig)

Summa omnia fecerim ima: Ich habe das Oberste zu unterst gekehrt

Summa perfectio attingi non potest: Höchste Vollkommenheit kann man nicht erreichen

Summa sedes non capit duos: Der höchste Sitz taugt nicht für zwei

Summa summarum: Alles in allem

Summis naribus olfacere: Er hat nicht einmal richtig daran gerochen

Summum ius summa iniuria: Das nach dem Wortlaut praktizierte Recht, ist das größte Unrecht

Sumptibus publicis: Auf öffentlichen Kosten

Sum quod eris, fui quod es: Ich bin, was du sein wirst; ich war, was du bist

Sunt bona mixta malis, sunt mala mixta bonis: Gutes ist mit Schlechtem und Schlechtes mit Gutem vermischt

Sunt certi denique fines: Es gibt schließlich gewisse Grenzen

Sunt Iovis omnia plena: Gott ist überall

Sunt pueri pueri, pueri puerilia tractant: Kinder bleiben Kinder und sie machen Dummheiten

Sunt superis sua iura: Die Götter haben ihr eigenes Recht

Suo enim unus quisque studio maxime ducitur: Jeder folgt seinen Neigungen

Suo Marte: Durch eigene Kraft

Superari a superiore pars est gloriae: Wer von einem Stärkeren besiegt wird, hat Anteil am Ruhm

Supercilium salit: Es juckt mir im Auge (etwas Angenehmes wird mir passieren)

Supplicem hominem opprimere, virtus non est, sed crudelitas: Einen um Gnade flehenden Menschen zu töten, ist keine Tapferkeit, sondern Grausamkeit

Suppressio veri: Unterdrückung der Wahrheit

Surdo fabulam narras: Deine Worte sind umsonst

Sursum corda!: Erhebt die Herzen!

Sursum deorsum: Hin und her

Sursum versum: Nach allen Richtungen

Suspicio probatis tacita iniuria est: Verdacht ist gegenüber Unschuldigen eine unausgesprochene Beleidigung

Suspicio sibi ipsa rivales parit: Verdacht schafft sich selbst seine Rivalen

Suspiciosus omnium damnat fidem: Argwohn missbilligt aller Vertrauen

Susque deque habeo: Ist mir gleichgültig

Sustine et abstine!: Dulde und entbehre!

Suum cuique: Jedem das Seine

T

Tabula rasa: Leere Tafel (Das Geschehene beseitigen)

Tacent, satis laudant: Sie schweigen, das ist Lob genug

Tacita loquitur: Mit Schweigen kann man viel sagen

Tacite: Geheim

Tacitulus taxim: Schweigend und sachte

Taciturnitas stulto homini pro sapientia est: Verschwiegenheit gilt bei einem dummen Menschen als Weisheit

Talaria videamus!: Lasst uns an Flucht denken!

Talis: Ein solcher

Tam deest avaro, quod habet, quam quod non habet: Ebenso fehlt dem Geizigen das, was er hat, wie das, was ihm fehlt

Tam de se iudex iudicat quam de reo: Der Richter spricht über sich wie über den Angeklagten ein Urteil

Tam Marte quam Minerva: Ebenso viel durch Mut wie durch Geist

Tamquam ungues digitosque suos: Wie seine Nägel und Finger

Tandem aliquando: Endlich einmal

Tandem bona causa triumphat: Endlich siegt die gute Sache

Tanti eris aliis, quanti tibi fueris: Du wirst für andere vom gleichen Wert sein, wie du es für dich gewesen bist

Tantum: Soviel

Tarde beneficere nolle est; vel tarde velle nolentis est: Langsam wollen ist ein Zeichen dafür, dass man nicht will

Tarde, sed tute: Langsam, aber sicher

Tarde, se graviter vir sapiens irascitur: Langsam wird auch ein Weiser sehr wütend

Tarde velle nolentis est; qui distulit diu, noluit: Wer nicht will, der zögert; wer verschoben hat, der wollte nicht

Taurum tollet, qui vitulum sustulerit: Den Stier wird heben, wer das Kalb aufgehoben hat

Tectum intuens: Gedankenlos an die Decke starren

Te Deum laudamus: Gott wir loben dich

Tegulam nullam relicturum: Er wird keinen Stein auf den anderen lassen

Te ipsum non alens, canes alis: Obwohl du dich selbst nicht erhalten kannst, hältst du Hunde

Tela nocent levius, visa venire prius: Geschosse schaden weniger, wenn sie rechtzeitig gesehen werden

Temere: Auf gut Glück

Tempora mutantur, nos et mutamur in illis: Die Zeiten ändern sich und wir ändern uns in ihnen

Temptando cuncta caeci quoque tuto ambulat: Durch tasten geht ein Blinder sicher

Tempora labuntur more fluentis aquae: Die Zeit läuft wie Wasser weg

Tempori serviendum est: Den Mantel nach dem Wind hängen

Tempus divitiae, tempus ager meus: Zeit ist Geld

Tempus dolorem lenit: Die Zeit heilt alle Wunden

Tempus edax rerum: Die Zeit verzehrt die Dinge

Tenebris nigrescunt omnia circum: In der Finsternis wird alles ringsum schwarz

Tene, quod bene: Halte, was gut ist

Tenere lupum auribus: Den Wolf bei den Ohren halten

Terminus a quo: Der Zeitpunkt, von dem an

Terminus maior: Oberbegriff

Terminus medius: Mittelbegriff

Terminus minor: Unterbegriff

Terminus technicus: Fachausdruck

Terra firma: Festland

Terra incognita: Unbekanntes Land

Terram coelo miscent: Sie bringen alles durcheinander

Terror: Schrecken

Tertium non datur: Ein Drittes gibt es nicht

Testis unus, testis nullus: Ein Zeuge, kein Zeuge

Testudineum gradum tibi grandibo: Ich werde dir Beine machen

Thesaurum in sepulcro ponit, qui senem heredem facit: Wer einen Greis als Erben einsetzt, legt sein Vermögen ins Grab

Thus aulicum: Hofweihrauch (wertlose Lobsprüche)

Timeo Danaos et dona ferentes: Ich fürchte die Griechen, auch wenn sie Geschenke bringen

Timidi mater non flet: Die Mutter des Ängstlichen weint nicht

Toga virilis: Manneskleid

Tollat te, qui non novit: Wer dich kennt, den täuschst du nicht mehr

Tollenti onus auxiliare, deponenti nequaquam!: Hilf dem, der die Last aufhebt, aber nicht dem, der sie niederlegt!

Tot capita, tot sensus: So viele Köpfe, so viele Meinungen

Tragoedias agamus in nugis: Viel Lärm um nichts

Trahit sua quemque voluptas: Jeder nach seinem Geschmack

Tranquillas etiam naufragus horret aquas: Auch die ruhigen Gewässer fürchtet der Schiffbrüchige

Tranquillo quilibet gubernator est: Wenn das Meer ruhig ist, will jeder Kapitän sein

Tres faciunt collegium: Drei bilden ein Kollegium

Tua res agitur, paries cum ardet: Es geht um deine Sache, wenn die benachbarte Wand brennt

Tu es ille vir!: Du bist der Mann!

Tu mihi es tutor?: Bist du mein Vormund?

Tulit alter honores: Ein anderer trug die Ehren davon

Tunica propior pallio est: Das Hemd ist mir näher als der Rock

Turbo non aeque citius est: Schneller als ein Kreisel

Turdus ipse sibi malum cacat: Die Drossel schafft sich ihr eigenes Unglück (das eigene Grab schaufeln)

Turpe est aliud loqui, aliud sentire: Verwerflich ist es anders zu reden, als man denkt

Turpe est laudari ab illaudatis: Das Lob der Schlechten ist schimpflich

Turpe est sanctum dare capellis: Perlen vor die Säue werfen

Turpis avis, proprium qui foedat stercore nidum: Ein hässlicher Vogel, der sein eigenes Nest beschmutzt

Turtura loquacior: Geschwätziger als eine Taube

Tuti sunt omnes, unus ubi defenditur: Alle sind sicher, wo ein Einziger verteidigt wird

Tutum silentii praemium: Der Lohn des Schweigens ist sicher

Tuum tibi narro somnium: Deinen Traum erzähl‘ ich dir

U

Ubi bene, ibi patria: Wo es dir gut geht, dort ist dein Vaterland

Ubi coepit ditem pauper imitari, perit: Sobald der Arme den reichen nachahmt, geht er zugrunde

Ubicumque ars ostentatur, veritas abesse videtur: Wo sich die Kunst zeigt, scheint die Wahrheit zu fehlen

Ubicumque pudor est, semper ibi sancta fides: Wo Scham ist, dort wird die Treue geheiligt

Ubi cum tuis sim, patriam non desiderem: Wenn ich bei meinen Angehörigen bin, sehne ich mich nicht nach meinem Vaterland

Ubi emas aliena, vendes aliquando tua: Wer fremdes Eigentum kauft, wird auch einmal sein Eigentum verkaufen

Ubi fata peccant, hominum consilia excidunt: Eine verfehlte Schicksalsentscheidung macht die Pläne der Menschen zunichte

Ubi innocens formidat, damnat iudicem: Wo der Unschuldige Angst hat, verurteilt er den Richter

Ubi iudicat, qui accusat, vis, non lex valet: Wo der Ankläger Richter ist, herrscht Macht, nicht das Gesetz

Ubi libertas cecidit, audet libere nemo loqui: Wenn die Freiheit aufgehoben wurde, wagt niemand mehr ein freies Wort zu sprechen

Ubi mel, ibi apes: Wo Honig ist, da sind Bienen

Ubi mel, ibi fel: Alles hat seine guten und schlechten Seiten

Ubi mens plurima, ibi minima fortuna: Wo am meisten Verstand ist, dort ist am wenigsten Glück

Ubi nihil est Caesar iure suo excidit: Wo nichts ist, hat der Kaiser kein Recht mehr

Ubi nil timetur, quod timeatur, nascitur: Wenn man nichts mehr fürchtet, dann lernt man bald das Fürchten

Ubi omnis vita metus est, mors est optima: Wenn das Leben nur aus Angst besteht, hilft am besten der Tod

Ubi omnes peccant, pars querellae tollitur: Klagen helfen nur teilweise, wenn alle Fehler begehen

Ubi opes, ibi amici: Wo Geld, da Freunde

Ubi peccat aetas maior, male discit minor: Die Fehler der Alten verderben die Jungen

Ubi peccatum cito corrigitur, fama solet ignoscere: Wo eine Verfehlung schnell wieder gut gemacht wird, da pflegt man auch zu verzeihen

Ubi uber, ibi tuber: Gut schafft Übermut

Umbram spei devorare: Auch die geringste Hoffnung wegnehmen

Ulcus tangere: Den wunden Punkt berühren

Ultima ratio regum: Das letzte Mittel der Könige

Ultima Thule: Am Ende der Welt

Ultra posse nemo obligatur: Über das Können hinaus ist niemand verpflichtet

Ultra vires nihil aggrediendum: Über die Kräfte hinaus muss man nichts unternehmen

Ululas Athenas portas: Du trägst Eulen nach Athen (etwas Überflüssiges machen)

Umbra pro corpore: Der Schatten für den Körper

Umbram suam metuere: Seinen eigenen Schatten fürchten

Una domus non alit duos canes: Ein Haus ernährt nicht zwei Hunde

Una salus victis, nullam sperare salutem: Eine Rettung bleibt den Besiegten, nämlich auf keine Rettung zu hoffen

Una voce: Einstimmig

Unde habeas, quaerit nemo; sed oportet habere: Woher du deinen Besitz hast, fragt niemand; aber du musst besitzen

Ungentem pungit, pungentem rusticus ungit: Den Salbenden sticht der Bauer, den Stechenden salbt er

Unguibus et rostro: Mit Nägel und Zähnen

Uni navi ne committas omnia!: Vertraue nicht alles einem einzigen Schiff an!

Unico digitulo scalpit caput: Nur mit dem kleinen Finger kratzt er sich den Kopf

Universalia ante rem: Begriffe (Ideen) vor den Dingen

Universalia in rebus: Begriffe (Ideen) in den Dingen

Universalia post res: Begriffe (Ideen) nach den Dingen

Unius dementia dementes efficit multos: Einem Narren folgen viele

Unus dies poenam affert, quam multi irrogant: Ein einziger Tag bringt die Strafe, die man sich an vielen Tag verdient hat

Unus e multis: Ein Mann von der Straße

Unus pro multis: Einer für viele

Unus vir nullus vir: Ein Mann kein Mann

Unus quisque abundat sensu suo: Jeder ist groß in seinem Sinn

Urbem lateritiam invenit, marmoream reliquit: Eine Ziegelstadt fand er, eine Marmorstadt hinterließ er

Urbem venalem et mature perituram, si emptorem invenerit!: Der käuflichen und dem Untergang geweihte Stadt, wenn sie einen Käufer gefunden hat!

Urbi et orbi!: Der Stadt und dem Erdkreis!

Urit mature urtica vera: Früh übt sich, was ein Meister werden will

Urticae proxima saepe rosa est: Keine Rose ohne Dornen

Usque ad aras: Bis aufs Äußerste

Usque ad nauseam: Bis zum Erbrechen

Usque ex unguiculis: In alle Fasern

Usus est tyrannus: Gewohnheit ist ein Tyrann

Usus magister optimus: Übung macht den Meister

Ut canis e Nilo: Wie der Hund aus dem Nil säuft

Utcumque est ventus, exin velum vertitur: Den Mantel nach dem Wind hängen

Ut desint vires, tamen est laudanda voluntas: Wenngleich auch die Kräfte fehlen, muss man dennoch den Willen loben

Utendum est aetate; cito pede labitur aetas: Man muss die Zeit nutzen; denn mit schnellen Schritten eilt die Zeit dahin

Utere splendore, quem Phoebus tunc micat ore: Nutze das Licht, das die Sonne sendet

Uterque bonus belli pacisque minister: Im Krieg und im Frieden ein guter Gehilfe sein

Uti possidetis: Der augenblickliche Besitzstand

Utile dulci: Das Nützliche mit dem Angenehmen

Ut lupus ovem amat: Wie der Wolf das Schaf liebt

Ut metus ad omnes, poena ad paucos perveniret: Alle sollen sich fürchten, aber nur wenige bestraft werden

Ut otium in utile verterem negotium: Die Freizeit nützlich gebrauchen

Ut plures corrigantur, rite unus perit: Der Tod eines Menschen erfolgt zu Recht, wenn dadurch eine Mehrheit gebessert wird

Ut populus, sic sacerdos: Wie das Volk, so der Priester

Ut rei servire, suave est: Wie schön ist es, der Sache zu dienen

Utres inflati ambulamus: Wir Menschen sind eitel

Utrumque casum aspicere debet, qui imperat: Der Herrscher muss Glück und Unglück hinnehmen

Ut saepe summa ingenia in occulto latent!: Wie oft sind große Genies noch nicht entdeckt worden!

Ut sementem feceris, ita et metes: Wie du aussäest, so wirst du ernten

Ut solent poetae: Wie die Dichter pflegen

Ut solet accipiter trepidas agitare columbas: Wie der Habicht die zitternden Tauben zu behandeln pflegt

Ut sunt humana, nihil est perpetuum: Wie die menschlichen Dinge nun einmal sind, nichts ist von Dauer

Ut supra: Wie oben

Ut tute es, item omnes censes esse: Wie du selbst bist, meinst du, sind auch alle anderen

Uvaque conspecta livorem ducit ab uva: Eine Traube rötet die andere (ein Böser steckt den anderen an)

Uva uvam videndo varia fit: Jeder strebt danach dem anderen gleichzukommen

Uxor, equus, vestis et calceamenta inhonestis, dum conceduntur, cum damno restituuntur: Wenn du deine Frau, dein Pferd, dein Gewand und deine Schuhen ehrlosen Menschen anvertraust, dann bringt dies dir Schaden ein

Uxorem ducturus in vicinos respicias: Wenn du eine Frau heiraten willst, sieh dich in der Nachbarschaft um

Uxorem fato credat obesse suo: Er mag glauben, seine Frau stünde seinem Glück im Wege

Uxorem malam obolo non emerem: Nicht für einen Cent würde ich mir eine schlechte Frau kaufen

Uxori nubere nolo meae: Meine Frau will ich mir nicht zum Mann nehmen

V

Vacare culpa magnum est solatium: Ohne Schuld zu sein ist ein großer Trost

Vade in pace!: Geh in Frieden!

Vade mecum!: Zieh‘ mit mir (Wegweiser)

Vae victis!: Wehe den Besiegten!

Valeat quantum valere potest: Es möge gelten, so viel es gelten kann

Valentes recte consulunt aegrotis: Gesunde erteilen den Kranken gute Ratschläge

Valere malo quam dives esse: Ich will lieber etwas wert sein als reich sein

Valet ancora virtus: Die Tugend hat die Kraft wie ein Anker

Vanitas vanitatum: Die höchste Eitelkeit

Vare, redde legiones!: Varus, gib mir meine Legionen wieder!

Variatio delectat: Abwechslung macht Vergnügen

Varium et mutabile semper femina: Die Frau ist etwas Wechselhaftes und immer Unbeständiges

Vasa inania multum strepunt: Leere Fässer klingen hohl

Vectigalia nervi sunt rei publicae: Steuern sind die Machtgrundlage eines Staates

Vel caeco appareat: Selbst einem Blinden könnte dies einleuchten

Vel capillus habet umbram suam: Auch ein Haar hat seinen Schatten

Vela contrahere: Die Segel streichen

Velim, ut velles: Ich möchte wollen, damit du wolltest

Velis et remis: Mit Segeln und Rudern

Velle licet, potiori non licet: Wollen ist erlaubt, aber nicht besitzen

Velocem tardus assequitur: Eile mit Weile!

Velox consilium sequitur paenitentia: Reue folgt auf einer vorschnellen Entscheidung

Veluti in speculum: Wie in einem Spiegel

Velut inter ignes luna minores: Wie der Mond unter den kleinen Lichtern

Venenum in auro bibitur: Gift trinkt man in einem Goldbecher

Venerari parentes liberos decet: Die Eltern zu ehren ziemt sich für die Kinder

Veni, Creator Spiritus!: Komm, Schöpfergeist!

Veni, Sancte Spiritus!: Komm, Heiliger Geist!

Veni, vidi, vici: Ich kam, sah und siegte

Veniat hospes, quisquis proferturus est: Wer bringt, ist überall willkommen

Venter farcitus ludit non veste pulitus: Erst der Magen, dann der Kragen

Venter non habet aures: Der Bauch hat keine Ohren

Venter obesus non gignit mentem subtilem: Ein voller Bauch studiert nicht gern

Venter praecepta non audit: Der Magen ist gegenüber Vorschriften taub

Ventis secundis: Mit günstigen Winden

Ventis verba profundere: Worte in den Wind sprechen

Ventum ad supremum est: Man ist zu den äußersten Grenzen gekommen

Vera incessu patuit dea: Im Gang offenbarte sich die wahre Göttin

Vera redit facies, dissimulata perit: Das wahre Aussehen kehrt zurück, das erheuchelte schwindet

Verba dat omnis amans: Jeder Liebhaber macht schöne Worte

Verba fides sequitur: Den Worten folgt die Tat

Verba ligant homines, taurorum cornua funes: Worte binden Menschen, aber die Hörner der Rinder nur Stricke

Verba movent, exempla trahunt: Worte bewegen, Beispiele reißen mit!

Verba non implent marsupium: Worte füllen den Sack nicht

Verba perdere: In den Wind sprechen

Verbatim et literatim: Wörtlich und buchstäblich

Verba volant, scripta manent: Worte vergehen, aber Geschriebenes bleibt

Verberare lapidem: Leeres Stroh dreschen

Verbo tenus: Bis aufs Wort

Verborum paupertas, imo egestas: Der Worte Armut, ja Dürftigkeit

Verbum laudatur, si factum sequatur: Auf Worte müssen Taten folgen

Verbum omne refert, in quam partem intellegas: Jedes Wort ist wichtig, um die Absicht der Gedanken zu erkennen

Verbum sat sapienti: Ein Wort genügt dem Weisen

Verbum statera auraria pendere: Ein Wort auf die Goldwaage legen

Vere calor redit ossibus: Im Frühling kehrt die Wärme in die Knochen zurück

Verecundari neminem apud mensam decet: Bei Tisch soll man vor niemandem Furcht haben

Verecundia inutilis viro egenti: Bescheidenheit ist für einen armen Mann überflüssig

Vercundia mulierem ornat, non color fucatus: Schamhaftigkeit, nicht Schminke schmückt die Frau

Veritas attributa vino: Im Wein ist die Wahrheit

Veritas laborare potest, vinci non potest: Die Wahrheit ist geduldig, aber sie kann nie besiegt werden

Veritas nihil veretur, nisi abscondi: Die Wahrheit fürchtet nur, dass sie verborgen gehalten wird

Veritas odium parit: Wahrheit erzeugt Hass

Veritas semper una est: Die Wahrheit ist farblos

Veritas sermo est simplex: Die Wahrheit ist eine einfache Rede

Veritas vincit: Die Wahrheit siegt

Veritatem laborare nimis saepe, extingui numquam: Wahrheit wird wohl erdrückt, aber nicht erstickt

Veritatem temporis filiam esse dixit: Die Wahrheit ist die Tochter der Zeit

Verna fit ingratus, dum mox opus est operatus: Nach getaner Arbeit ist ein Knecht wertlos

Ver non semper viret: Der Frühling hat nicht immer ein grünes Gewand

Ver non una reducit hirundo: Eine Schwalbe macht keinen Frühling

Veros amicos separare difficile est: Wahre Freunde zu trennen ist schwierig

Versate diu, quid ferre recusent, quid valeant humeri: Erwägt lange, was die Schultern tragen können und was nicht

Verum dic libere medico et patrono et confessario: Dem Arzt, dem Herrn und dem Beichtvater darf man nichts verschweigen

Verum est, quod pro salute fit, mendacium: Die Lüge wird zur Wahrheit, wenn man dadurch Leben rettet

Verum velle, parum est: Nur das Rechte wollen ist zu wenig

Verus amicus est is, qui est tamquam alter idem: Ein wahrer Freund ist derjenige, der gleichsam ein anderes Ich ist

Vestibulum domus ornamentum est: Der Flur ist der Schmuck des Hauses

Vestigia terrent: Die Spuren schrecken ab

Vetera, quae nunc sunt, fuerunt olim nova: Was jetzt alt ist, war einst neu

Veterem ferendo iniuriam invites novam: Wenn man altes Unrecht erträgt, lädt man zu neuem ein

Veto: Ich verbiete es

Vetustas pro lege semper habetur: Das Alter steht an Wert dem Gesetz gleich

Via crucis via lucis: Der Weg des Kreuzes ist der Weg des Lichtes

Via trita est tutissima: Der betretene Weg ist der sicherste

Vice versa: Umgekehrt!

Vicina sunt vitia virtutibus: Die Laster sind den Tugenden benachbart

Victoria pax, non pactione, parienda est: Durch Sieg, nicht durch einen Vertrag muss man den Frieden erwerben

Victrix causa diis placuit, sed victa Catoni: Die siegreiche Sache gefiel den Göttern, aber die besiegte dem Cato

Videant consules, ne quid detrimenti res publica capiat: Die Konsuln sollen sehen, dass der Staat keinen Schaden nimmt

Vide licet: Magst du sehen (nämlich)

Video meliora proboque, deteriora sequor: Ich sehe das Bessere und billige es, aber ich befolge das Schlechtere

Videt, quaeso, quid potest pecunia!: Seht, bitte, was das Geld vermag!

Vigilate et orate!: Wachet und betet!

Vile donum, vilis gratia: Geringe Gabe, geringer Dank

Vilis saepe cadus nobile nectar habet: In einem gewöhnlichen Fass ist oft edler Nektar

Vilius argentum est auro, virtutibus aurum: Wertloser als Gold ist das Silber und geringer als die Tugend das Gold

Vim vi repellere omnia iura clamant: Gewalt mit Gewalt zu vertreiben fordert jedes Recht

Vince animos iramque tuam, qui cetera vincis: Besiege deine Erregung und deinen Zorn, der du das Übrige besiegst

Vincere est honestum, opprimere acerbum, pulchrum ignoscere: Siegen ist ehrenvoll,überwältigen bitter und verzeihen ehrenvoll

Vincit omnia veritas: Die Wahrheit besiegt alles

Vincit, qui patitur: Wer aushält, bleibt Sieger

Vincit, qui vincitur: Der Klügere gibt nach

Vincula da linguae, vel tibi vincula dabit: Lege deiner Zunge Fesseln an oder sie wird dir Fesseln anlegen

Vino diffigiunt mordaces curae: Der Wein vertreibt die nagenden Sorgen

Vino vendibili suspensa hedera nihil opus: Guter Wein bedarf keines Kranzes

Vinum animi speculum: Der Wein ist ein Spiegel der Seele

Vinum bonum laetificat cor hominis: Guter Wein erfreut des Menschen Herz

Vinum dabat animos: Wein belebt den Geist

Vinum etiam senes adducit, ut saltent vel nolentes: Der Wein bringt die Greise auch gegen ihren Willen zum Tanzen

Vinum lac senum: Wein ist die Milch der Alten

Violentia praecedit ius: Gewalt geht vor Recht

Viperam sub ala nutricas: Du nährst eine Schlange am Busen

Vir bonus, dicendi peritus: Ein guter und beredter Mann

Vir, bos cuius, ad caudam se gerit huius: Der Besitzer der Kuh nimmt sie beim Schwanz

Vires naturae: Naturkräfte

Virgo pubescens et nux matura rubescens illa quidem tangi, vult haec de stipite frangi: Eine frische Jungfrau und eine reife Nuss soll man nicht lange aufbewahren – jene will berührt und diese geknackt werden

Viri boni est nescire facere iniuriam: Das Unrechtun ist dem guten Mann unbekannt

Viribus unitis: Mit vereinten Kräften

Viri infelicis procul amici: Die Freunde des unglücklichen Mannes sind fern

Viris fortibus non opus est moenibus: Tapfere Männer benötigen keine Mauer

Virtus hominem iungit deo: Die Tugend verbindet den Menschen mit Gott

Virtus post nummos: Erst das Geld, dann die Moral

Virtus sola nobilitat: Tugend allein adelt

Virtus vincit invidiam: Tugend besiegt den Neid

Virtute non astutia: Mit Tapferkeit, aber nicht mit List

Virtute quies: In der Tugend liegt Ruhe

Virtute quod non possis, blanditia auferas!: Wenn du mit Tüchtigkeit etwas nicht erreichst, dann versuch es mit Schmeichelei!

Virtutem posuere dii sudore parandam: Nach dem Willen der Götter kann man Tüchtigkeit nur mit Schweiß erwerben

Virtutem pretium esse sui: Die Tugend trägt ihren Lohn in sich

Virtutem verba putare: Die Tugend für einen Wahn halten

Virtutes paganorum splendida vitia: Die Tugenden der Heiden sind glänzende Laster

Virtuti amorem nemo honeste denegat: Es ist mit der Ehre unvereinbar, die Tugend nicht zu lieben

Virtuti et merito: Der Tugend und dem Verdienst

Virtuti in bello: Für Tapferkeit im Kriegsdienst

Virtuti melius quam fortunae creditur: Es ist besser der Tüchtigkeit als dem Schicksal zu vertrauen

Virtuti, non armis fido: Der Tugend, aber nicht den Waffen vertraue ich

Virtutis omnis impedimentum est timor: Furcht verhindert jegliche Tüchtigkeit

Virtutis spolia cum videt, gaudet labor: Die Arbeit freut sich, wenn sie den Gewinn der Tüchtigkeit sieht

Virtutis vultus partem habet victoriae: Der Anblick der Tapferkeit hat seinen Anteil am Sieg

Virtutum omnium fundamentum pietas: Die Grundlage aller Tugenden ist die Frömmigkeit

Virum bonum natura, non ordo facit: Der Charakter, nicht der Stand verleiht einem Mann Rechtschaffenheit

Virum improbum vel mus mordeat!: Einen gottlosen Menschen könnte sogar eine Maus erschrecken

Vis comica: Die Macht der Komik

Vis consili expers mole ruit sua: Die Macht, die nicht auf Überlegung beruht, stürzt durch ihre eigenes Gewicht zusammen

Vis haec quidem est!: Das heißt Gewalt!

Vis inertiae: Die Macht der Trägheit

Visio beata: Das Schauen der Seligkeit

Vita brevis, ars longa: Das Leben ist kurz, die Wissenschaft langlebig

Vitae via virtus: Die Tugend ist der Lebensweg

Vitam impendere vero: Das Leben dem Wahren opfern

Vitam regit fortuna, non sapientia: Das Leben regiert das Schicksal, nicht die Weisheit

Vitia nobis sub virtutum nomine obrepunt: Die Laster schleichen sich an uns unter dem Namen der Tugend heran

Vitia nostra regionum mutatione non fugimus: Wir verlieren nicht unsere Fehler, wenn wir die Gegend wechseln

Vitiis nemo sine nascitur: Auf Erden lebt kein Menschenkind, bei dem man nicht einen Mangel findet

Vitium fuit, nunc mos est assentatio: Die Schmeichelei war einst eine Verfehlung, jetzt ist sie allgemein verbreitet

Vitium impotens, virtus vocatur
Wenn das Laster schwach wird, nennt man es Tugend

Viva voce: Mündlich

Vivat rex, vivat regina!: Es lebe der König, es lebe die Königin!

Vive valeque!: Leb' und sei glücklich!

Vivere est militare: Leben heißt kämpfen

Vivit post funera virtus: Die Tugend überdauert den Tod

Vivitur parvo bene: Mit Wenigem lebt man wohl

Vivorum meminisse: Die Toten ruhen lassen

Vivos vidensque pereo: Ich gehe mit lebendigem Leib zugrunde

Vix ea nostra voco: Schwerlich nenne ich dies das unsrige

Volenti nihil impossibile: Wo ein Wille ist, ist ein Weg

Volenti non fit iniuria: Wer mit etwas einverstanden ist, dem geschieht dadurch kein Unrecht

Volo, non valeo: Ich will, aber ich kann nicht

Voluntas bona pro facto est: Der gute Wille gilt als Tat

Voluntas impudicum, non corpus facit: Unzucht hat ihren Ursprung im Willen, aber nicht im Körper

Voluptas e difficile data dulcissima est: Am köstlichsten ist das Vergnügen, das man sich schwer erarbeitet hat

Voluptas tacita metus est magis quam gaudium: Mehr Furcht als Freude macht das heimliche Vergnügen

Voluptatem maeror sequitur: Dem Vergnügen folgt der Katzenjammer

Vox clamantis in deserto: Die Stimme eines Rufenden in der Wüste

Vox et praeterea nihil: Schall und Rauch

Vox faucibus haeret: Das Wort bleibt in der Kehle stecken

Vox populi vox dei: Die Stimme des Volkes ist Gottes Stimme

Vulgare amici nomen, sed rara est fides: Freunde wollen alle sein, aber Treue ist selten

Vulpem pilum mutare, non mores: Der Fuchs wechselt den Balg, und bleibt ein Schalk

Vultu an natura sapiens sis, multum interest: Es ist ein großer Unterschied, ob man als weiser Mann erscheint oder es tatsächlich ist

Vultur est, cadaver expectat: Der Geier ist dort, wo ein Kadaver ist

Vultus est index animi: Die Miene ist ein Spiegel der Seele

Z

Zonas non habes: Du hast keinen Geldbeutel (du hast nichts zu verlieren)